阿爸的腳踏車

劉洪貞 著

有好些年，那輛腳踏車就默默地幫著阿爸把家撐起來。日子雖苦，它都稱職地幫阿爸完成每天的工作。阿爸也把它當寶貝般地疼惜，每天工作再累，也要把「轉得」灰頭土臉的它打理乾淨。

國家圖書館出版品預行編目（CIP）資料

阿爸的腳踏車 / 劉洪貞著. -- 初版. -- 新北
市：生智, 2019.12
面； 公分

ISBN 978-986-5960-16-2（平裝）

863.55 108020163

阿爸的腳踏車

作　　者／劉洪貞
出 版 者／生智文化事業有限公司
發 行 人／葉忠賢
總 編 輯／閻富萍
地　　址／新北市深坑區北深路三段 258 號 8 樓
電　　話／(02)26647780
傳　　真／(02)26647633
E-mail ／service@ycrc.com.tw
網　　址／www.ycrc.com.tw
ISBN ／978-986-5960-16-2
初版一刷／2019 年 12 月
定　　價／新台幣 250 元

謹以此書
獻給我最敬愛的高堂老母
黃月雲女士
並祝福她
健康 平安 喜樂

推薦序

飄雨不終朝

監察院院長辦公室主任劉省作

家大姊再出一本文輯，這是第十一本了。彷彿看著一位默默從事農作的人，日出日落間平凡進出，水逝的日子從容，結果卻陡然呈現般，很自然，卻十分不容易。無言身教，仰之，原來是一段修行呀！

民國三、四十年代的台灣農村景象，與千百年來的農村，因受戰亂的影響，應該沒有太多的差異；隨季節的更迭，依據農民曆的規範，農家總是樂天知命地終日在田間忙碌。由於沒有化學肥料，也沒有農藥，人與大自然的融合，再自然不過；田間的昆蟲、蛙類、鳥鳴，總不分日夜演奏天籟；水中魚、蝦、鰻、鱉，則是蛋白質的重要來源。靠天吃飯的人們，一向敬天畏神，日出而作，日入而息，不敢稍有懈怠，汗出如漿間，祈禱上天垂憐：賞口飯吃。偶爾風雨不調，也絕不敢有任何怨言，「這季沒收，望後季！」正是共同心聲。

猶記得兒時每次收割稻子前，父親總是望著天吐煙，一連數天；後來才知道，父親是真怕颱風或豪雨毀了一季的耕耘成果。也有幾季，連續的霪雨，造成熟成的稻子倒伏發芽，曬也曬不乾，最後賣不了好價錢的情景。但是，父母親從來也沒抱怨過一句，依舊挑肥、翻土、再播種。這樣的精神，正是家大姊耳濡目染且一以貫之的行動精髓所在。

書中文章，每一篇文字都是深入淺出，寫出你我身邊的小事；它沒有大道理，只有真精神。品味其中的內涵，無非是人際互動中的忠、孝、仁、愛、信、義、和、平與禮、義、廉、恥，這些耳熟能詳的人情溫度計，不知曾幾何時，漸漸地被稀釋，甚至消失了。俯拾即是的例子，多點同理心即可換回無數笑靨的作為，竟隨著所謂時代的進步被丟進了時光隧道。這是時代進步的代價嗎？家大姊像是踩腳踏車逕直向前奔馳的騎士，低頭猛進，沒有特別的要求，盡其在我，以她親炙的家教，用那有限的愛心與敏銳，給予周遭的人溫暖與關愛；也期待這些文章，可以正向影響一些人，利益眾生。這宛似修行者的農夫精神，為弟的我，領受了！

《道德經》第二十三章述及：「飄雨不終朝，暴風不終日。」主要在表達天地運行剛健，自強不息，總有其規矩；天地偶有失調，驟雨突降，自是難免。但是，不必太擔心，它一般來說，不會持續太久；就算偶有霪雨，應該也不致常常如此。同理，突起的風暴，也可用同樣的眼光去看待。這樣的理念，深植人心，以農立國的中華民族從來奉為圭臬。人生行船走馬三分險，誰都不能掛無事牌。面對生命中偶有的頓挫或失意，是否大家也可有此農夫精神呢？在此祝福大家：心想事成，闔府安康。

自序

醉翁之意

劉洪貞

常有讀者問我，居然念的不是相關科系，怎麼會想到提筆為文？我的回答很簡單，因為我有話要說，偏偏口條不好，當不了名嘴，只好透過文字寫下我想說的話，就僅僅這樣而已。

有人會繼續問：難道不為名或利？這時我會傻笑，不知如何回答。難道寫寫文章就可名利雙收？這種想法太天真了，我還從未想過。只知道我寫我口，能夠把故事寫得精彩，讓讀者感動或開心就好，其他的就不重要了。

就這樣，身邊小人物的故事、生活的日常就成了我寫作的內容。由於這些體材都來自生活，所以很容易產生共鳴。例如本書中的〈別忘了回家的路〉在報上發表後，我收到很多男性讀者的來信。他們的共同點就和文中的那對父子一樣，客居在外的兒子覺得和父親沒什麼話說，所以難得回家看看

父親。直到父親過世前，他才急忙回家，父親的一句：你忘了回家的路嗎？就結束了父子的一世情緣，讓他非常懊惱。

他們告訴我，自從看了這篇文章後，他們試著常回家探望父親，聽聽父親說說話，結果父子因常互動變得不再陌生，亦父亦友的大有人在。我想這就是文字常被疏忽的無形力量吧！

在〈伊是阮阿兄〉見報後，有女性讀者見了我就哭了。她們很羨慕文中的阿芬，沒有了父母，還有如慈父般的阿兄，歡迎她常回娘家，這太幸運了。不像自己，原本的娘家就在娘過世之後，什麼都沒了，沒有了娘也沒有家了。兄嫂為了少少的「手尾錢」鬧得很不愉快，如今手足成陌路，讓她們心痛不已。想想，能從一篇短文中，讓她說出心裏壓抑已久的痛，找到宣洩的出口，對她們來說何嘗不是一件好事。

在日常裏，我喜歡和小朋友互動，因為他們純真無邪，說起話來很直接而且充滿趣味，讓人聽了忍不住會心一笑。所以偶爾會加上〈童言童語〉博君一笑，希望為忙碌的生活平添一些樂趣。

對愛塗鴉的人來說，作品能被看見，能為讀者帶來啓示是最開心的。對於被不同刊物轉摘，讓更多人看見，或被電台化作聲音播出，那種感受又很不一樣。好像整個文字透過聲音表達，忽然有了生命力，動了起來。諸如此類都是提筆為文所帶來的各種樂趣，這感覺只能意會，難以言傳。

要成就一本書，需要很多幕後推手的協助。感謝生智文化閻總編輯富萍小姐的竭誠相助；也要感謝文采洋溢的舍弟省作，不僅每次在我出書時義務作序，讓小書多了光采，平時還要當我的活字典隨時救援。

最近客委會要編《台灣客家名人錄》，在同意書上有一欄是要填與客家的淵源。才疏學淺的我，想半天就是無從下筆，結果博學多能的他只花兩分鐘，用三十個字，就可從我來台的祖先，到我出生美濃的彭城堂後，嫁入潁川堂鍾家，一輩子與客家淵源鉅細靡遺地交代清楚，他那優秀的表現，讓我敬佩也感念在心。

另外，小女麗萍這次也參與封面與內文插圖繪製，因初試啼聲，難免有不周之處，這需要讀者的指教與寬容。

再次出書，我還是要感謝父母，給了我最珍貴的身教和言教，讓我終身受用，讓書可以一本一本地問世。更要感謝所有的讀者朋友，不斷地鼓勵與加油，讓我有信心繼續努力。

目錄

目錄

第二輯

一張漂亮的成績單　81

第三輯

第一輯

輕舟未過萬重山

年到了

一年有四季，秋季過後冬季來。在傳統的諺語中也有這樣一句：「年怕中秋月怕半」，來代表中秋過後冬天到，冬天一到年就來。

家裏是務農的，冬季一到就忙著收割和儲藏，儲備糧食好過冬。也要把收割完的稻田重新翻土，種些短期的農作，好為家裏多一份收入。因為時間短，大都能在農曆春節前採收。採收完之後在新一年立春前，又得展開播種的工作，播下了新種苗，也就是播下新希望，到此一年來的農事算是告一段落，接著為迎接新的一年作準備。

為了要迎接「新年」，身為女眷的都要特別忙。把家裏大掃除一番，把不需要、用不上的雜物清理掉，好讓家裏變得寬敞舒適、煥然一新，也為嶄新的一年圖個好彩頭。

新年了，孩子們開心，大人卻忙碌，要為他們準備新衣慶新年，也要蒸一些應景祭拜祖先的食品，如年糕、發糕、菜頭粿；也得把要過年才派上用場，平時閒置的老廚灶刷洗乾淨，讓蒸糕的工作能順利完成；更要把平時空著的房間重新粉刷，打理乾淨，讓外出的家人回來大團圓時，可以睡得舒適。諸如此類，都是為了迎新年必須做的。

新的一年要來臨了，也代表舊的一年要結束了，除了整理一些有形的東西汰舊之外，也要把一年來在工作、家庭、學業、人際、健康等等，和生活息息相關的各項細節，好好地做個檢討。工作時不好的言行或不良的生活習慣都要改進，讓工作更順利，身體更健康；對久未聯絡的親友，也該給個電話或寄張賀卡，來聊表關心和問候之意；對家人的關懷有不周的地方，也要適時地表達，讓新的一年在事事圓融下，更圓滿進步和成長。

對於一些不足的，也要趁機加把勁，好讓日子過得更踏實豐富。畢竟許多高科技的知識日新月異，也讓生活起了很多變化，需要不斷地學習和接觸，才不至於跟社會脫節。

總之，年到了要除舊佈新，凡事也要更積極，以充滿活力的信心，來迎接新的一年。

107.2.12《人間福報》

橘子紅了

那天在台北的高鐵站出口，因人很多，在排隊刷卡時，後面的那位女士先是推推她的黑框眼鏡看看我，然後有點驚訝地叫了我的小名。

當時心想，在茫茫人海中的大台北，知道我小名的屈指可數，忽然有人喊出口，那種意外的驚喜絕不亞於她。經過數秒鐘後，我終於認出了她，忍不住地來個大擁抱，因為我們五十多年沒見了，從情竇初開的少女，到今天的初老。不只容顏已改，大概連生活的方式都改變了。

她是小萱，晚我一屆的初中學妹，雖然我們都出身農家，但她家環境比我家優渥很多。上學時她有球鞋穿，還騎著屬於淑女型的腳踏車，這些對我是奢想。她家田產多，除了種稻、種香蕉，還種了一大片的橘子。

當時我和村子裏的幾位同學，因為家窮，怕鞋子穿壞又買不起，每天上

學時只好把鞋子拎著，到了校門口再穿，讓訓導主任檢查一下。因為赤腳要走碎石子路腳會痛，就選擇抄小徑，好少走些路，正好會經過她家在小徑旁的橘園。

她是阿榮伯的獨生女，阿榮伯高高瘦瘦的，是個篤實勤勞的農人，經常在橘園工作。每次我們一群人經過時，幾位嘴甜的小男生，都會齊聲大喊：「阿榮伯早！」阿榮伯聽到了也會回一聲：「你們要上學了喔！」

每年中秋過後，橘園的橘子開始由綠轉紅，阿榮伯夫婦就得忙著採收，然後送批發行。每天下午放學回家經過橘園時，阿榮伯都會端出一小盆賣相較差的橘子分送給我們。他有時給我們每人一顆，有時給兩顆。

剛開始給的時候，他會順便問我們是哪家的孩子，有些話多的男生會搶先替大家回答：哦！她是某某某，很會念書，父親在糖廠做工、駛牛車。另外那個是招弟，她媽都生女生，她父親在鎮公所當幹事。

就這樣，阿榮伯透過和我們的互動，多少瞭解我們每個人的家境，和我們的學業成績。每年只要橘子紅了，經過橘園被阿榮伯看到了，他都會送我

們幾顆，讓我們解解饞。

畢業後大家各奔東西，忙著工作和課業，對橘園的故事就漸漸給忘了。早些年曾聽同學說過，阿榮伯是個偉大的父親，對女兒的婚事是用心良苦。長得五官立體、皮膚白皙、身材高眺的小萱，師範畢業後就在教育界服務。

當時村子裏林醫生的兒子，大學畢業後考上公費留學，阿榮伯知道後透過親戚，希望促成小萱和林家公子的姻緣。在一切還是由父母作主的年代，阿榮伯真的達成心願，讓小萱和夫婿一起赴美就學。她的夫婿學成之後，就留在美國工作，一家過著異國生活。

沒想到在美國住了十五年後，有一天她的丈夫在高速公路因車子爆胎而發生意外。為了遠離傷心處，她帶著一雙兒女回台定居，並在中山北路開了一家精品店，專賣舶來品。這樣的店在六、七零年代是很高檔的，也因為生意穩定，讓她把子女養大。

如今，她的孩子已成家立業，她也結束了生意，經常回鄉下陪伴高齡父母。我請她向阿榮伯夫婦問安，她眼眶一紅，告訴我：母親還好，只是要

坐輪椅。至於九五高齡的父親已失智，什麼都忘了，只記得他的橘園，常問她：「今年的橘子收成是否比去年好？」每一回為了讓父親高興，她都回答：「今年大豐收喔！」結果父親都露出滿足的笑容。

聽她這麼說，腦海裏又閃現五十多年前，當橘子紅了時，阿榮伯在橘園分送橘子的情景，是那麼遙遠卻又這麼清晰。如今正是橘子正紅的季節，除了祝福阿榮伯日日平安，也非常感謝他，在物資極缺的青澀年代，他讓我們留下美好的記憶。

106.12.16《聯合報》

一通電話

我從未想過一通電話，可以讓恐懼無助的心充滿溫暖，還能拿到一筆獎金。

幾年前外子因病重住院，手上打著點滴，病床又高，要上廁所就得這挪那移，常會有來不及的情形。此時的我要換床單，要幫他換上乾淨的衣服，再把髒衣服拿回家清洗，忙得一臉憔悴。

有次姪女來探病，發現這種情形後，就向她爸爸提起。不久，我接到哥哥問候外子的電話，他表示辛苦我了，並要我們多保重。或許是外子自幼失怙，沒爹的孩子得到了兄長的關懷，那特殊的感覺特別溫馨。

有一年，某基金會要慶祝父親節，舉辦了「一通電話」的徵文活動。我以當時的故事為題材，描寫自己如何在最脆弱的時候，因哥哥們的安慰而打起精神度過難關。

結果該文獲得優勝肯定，還領了獎金。讓我深深體會一通電話的無窮力量。

107.4.5《聯合報》，本文入選「難忘的作文題目」徵文

一字之差

同樣是客家人，語言、文化卻有南北之分，有時因不知情，常會產生誤會。

台灣的客家人不多，北部以桃、竹、苗為主，通用「海陸腔」，南部的分居高、屏地區，說的是「四縣腔」。

雖然同屬客家，卻因為腔調和文化的不同，即使只差一個字，都有生死之別。我因工作的關係，認識北部的客家人。有一年的春節，有一位住新竹的男孩，趁著年假到南部來找我。

他一進門就問：某某「有在嗎？」

「有在嗎？」在南部是代表是否還活著？他老兄不知情，大年初一就這樣問。老奶奶聽到有人觸霉頭，拿著掃帚猛打他。他不斷地解釋自己並無惡意，「有在嗎？」在北部是有沒有在家的意思，它和南部的「有在家嗎？」

相同。

他說完，大家才明白原來是這樣，一字之差也攸關生死。

107.5.17《聯合報》，本文入選「原來是這樣」徵文

鐵漢柔情

有人說：「生女兒好，因為女兒比兒子貼心。」而我卻覺得也不盡然，其實兒子貼心的也大有人在，而且還不一定是親生的哪！

前陣子，外子因病住院幾天，那是雙人病房，另一床的病患是九十多歲的阿公。或許他年紀大了又多病纏身，所以很少聽到他開口說話。大多數是五十多歲的女看護在說：「阿公，該吃飯了！」、「該吃藥了！」、「該擦身子了！」

每天除了看護在照顧他，會在不同的時間看到一位身材魁梧、理著平頭、衣著整齊的中年男子來看他。這位先生看起來很嚴肅，不多話，偶爾碰面了會很有禮貌地點個頭，嘴角微揚。聽看護說，那是老先生的養子，在派出所當所長，因工作性質特殊，所以來的時間不一定，有時是半夜下班了就來看一下，有時是一大早要上班了，也會過來關心一下。反正他天天都會來醫院，看看阿公，陪阿公說說話，有時阿公睡了，他也會坐上一會兒，看阿公安然無恙，才會放心離去。

看護還說，阿公是老榮民，兩年多前摔了一跤後，雖然體力變差了，生活也無法自理，但他神智清醒。由於經常要出入醫院，他兒子又要工作，無法照顧，只好請她幫忙，兩年多來她一直都在阿公身邊照顧他。因為都住在他家，所以常聽到阿公說起他們父子的故事。

據說這位先生早年喪父，孤兒寡母相依為命。十歲那年，他家的房子因受鄰居火災的波及，一夜之間變得一無所有、無家可歸。當時住在附近的阿公，看他們母子可憐，就接他們過來暫時安頓，這樣彼此有個照顧，讓他們不至於因居無定所而流浪街頭。阿公不僅提供房子讓他們母子安身，對因打擊太大而身心受創嚴重，一直身體不好的媽媽更是照顧有加。十五歲那年，他媽媽因禁不起長期的憂鬱，就病重過世了，從此他認阿公為義父，正式成為一對父子，共同過生活。

阿公為了他自己並未成家，視他如己出，供他念書，把他養育成人，並

幫他完成終身大事。他為了感謝阿公數十年來的再造之恩，對阿公既敬又孝。自從阿公臥床之後，只要時間允許，他一定親自餵阿公吃飯、幫他洗澡、用輪椅推著阿公到公園逛逛。休假時會開著車子載著阿公，到風景區四處走走，也會帶阿公去吃些好吃的美食，他希望能讓阿公的晚年，過得很快樂、很滿足。

看護表示這位先生心細如針，總是提醒她，阿公吃的食物一定要細、要軟，衣服不要穿套頭的，要穿前開的，這樣老人家穿脫起來比較方便。幫阿公換尿布時，一定要先用溼紙巾輕輕擦，因為阿公年紀大了，皮膚很薄，太用力容易破皮。阿公坐輪椅時，一定要綁安全帶，以免不小心往前傾，會容易發生意外。諸如此類的小細節，他都不厭其煩地再三交代，就怕她疏忽，讓阿公受到傷害。

他每次來醫院，都會坐在阿公床頭，拿著阿公的手摀在自己的臉上，然後和阿公說說話，臨行前一定會摸摸看阿公的尿布是否濕了。若濕了，他一定小心翼翼地幫阿公換上新的，讓阿公乾爽舒適，才放心離開。

每次看他動作俐落地幫阿公翻身、抬腳、拭擦、尿布擺好拉緊後貼上，再把外褲穿好、蓋上被子的樣子，我都會很感動。想想，一個從事經常要和耍槍動刀的歹徒鬥智鬥力的男子漢，要不是有一顆誠摯的孝心，是不可能有這種比女人還溫柔細膩的心思和動作，來照顧老父。

真沒想到，因外子的一場病，會讓我無意中在病房的一角，看到這麼窩心的事。誰說兒子不比女兒貼心，這不就是一個活生生的例子嗎？他讓我看到的是一個兒子，對老父的那種粗中有細、剛中帶柔的體貼和溫暖。

107.5《警友雜誌》

豐收的季節

在台灣因氣候的關係，每個季節的變化不大，秋天看不到蒼涼，冬天也沒有皚皚白雪，所以一年有兩季是種稻子的。

第一季是在立春的前後，開始插秧灌溉，到端午節前後就是收割的時節。為了讓剛收割的田地休息，大約有兩個月田裏是空著的。這時節剛好是炎夏，植物易長蟲，不好照顧，加上天氣太熱，又是颱風季節，所以莊稼人只好休作。

當立秋過後，天氣由炎熱轉成微涼，這樣的天氣最適合一般農作物生長。此時莊稼人就開始翻土灌溉，種下一些短期作物。父親還在時，家裏會種紅豆、蘿蔔、番茄、高麗菜、甘藍等等。每天一家人都忙著下田，小孩子負責配菜苗，大人忙著種植和澆水。當菜苗慢慢成長時，又要拔草添土，只希望把菜兒照顧好。由於秋天南台灣的氣溫都在三十度上下，最適合這些菜

類的生長。

當晚秋時節，家裏開始採收這些蔬果，此時每天放學回家，就要到田裏幫忙挑菜、摘番茄、拔紅豆，然後交給中盤商，讓家裏多一份收入貼補家用。

雖然每天要上學又要下田，很辛苦，但我們這些小蘿蔔頭，也會苦中作樂。傍晚回家時就坐在牛背上，兩隻腳晃呀晃的，嘴裏唱著「夕陽伴我歸」，那份自在和快樂，是都市裏的孩子享受不到的。

有人說秋天太肅穆，我卻覺得不盡然，北國的風情跟南國不一樣。生長在南部的我，一直很喜歡秋天，它少了酷熱，卻多了寧靜祥和。很喜歡在秋夜裏，一家人圍在明月下，邊挑菜邊聊天的情景，它既溫馨又有趣。

當秋日結束，農作都收成完，田裏又開始翻土、灌溉，為下一季的插秧作準備了。

107.9.7《人間福報》，本文入選「秋日」徵文

豆腐二三事

昨晚我煎了一小盤的豆腐，用餐時看到女兒一臉滿足地把豆腐往便當盒挾。我問她：「好吃嗎？」她猛點頭。看到女兒開心的樣子，我好像看到自己小時候帶便當的情景。

念書時，學校離家很遠，所以必須帶便當。當時被我認為最好的菜，就是把豆腐切成薄片，放入鍋子裏煎，煎到兩面焦黃，再灑幾滴醬油，就是又香又酥的美食。

小時候隔壁村子的豆腐嫂，因丈夫在二次大戰中陣亡了，為了要扶養一個七、八歲的兒子，她只好做豆腐賣給左鄰右舍。她們母子每天深夜起床，用石磨把事先浸泡好的黃豆磨成豆漿，再做成豆腐。

天矇矇亮時，她的兒子阿德會挑著用木條釘成的木架，架子的上面放著一小盤的豆腐，來我們劉家大院兜售。每次媽媽會花五毛錢買一塊豆腐，切

成薄片煎好，讓我們姊弟帶便當。每天中午掀開便當，聞到豆腐的香氣就特別開心。

由於當時家中經濟不佳，所以廉價又營養的豆腐，一直是我們便當的主菜，陪著我們姊弟成長。

或許是生長在鄉下，在印象中只吃過豆腐用煎的，從不知道它還有別的作法，所以五十年前當我來到台北，第一次吃到三角形的油豆腐時，我被它外酥內軟、滑嫩好吃的口感深深地吸引。

由於它好吃得令我驚訝，連忙寫信告訴鄉下的媽媽，我在台北吃到了世界上最好吃的油豆腐。這件事被堂兄妹們知道後，他們常笑我「有夠俗」，連油豆腐都不知道。

油豆腐好吃是因為它軟軟QQ，吃起來滿口柔順香溢，而吃臭豆腐又是另一種感覺。記得第一次吃臭豆腐，是被朋友逼的，他說盡好話，就是希望我能賞個臉，因為他為了給我一個驚喜，特別來回騎了兩個小時的腳踏車才買到的。

他開心地一塊一塊試吃給我看，還不時地告訴我，它吃起來是香香酥酥的，沒有任何臭味。而我的感覺就像來台參加世大運的外國朋友一樣，看到臭豆腐又愛又怕，帶著懷疑的眼神不斷地吞著口水。最後禁不起誘惑終於吃了，結果比想像中好。

豆腐就是這樣，好吃又便宜，而且可以隨心所欲地作出不同的料理。不僅變化多，種類也多，除了傳統豆腐外，還有杏仁、花生、雞蛋口味的。雖然每一種的口感不同，但是吃起來那份滿足感卻都是一樣的。

很喜歡豆腐的潔淨、滑嫩、爽口，偶爾吃上一些，會覺得很開心、很幸福。

107.9.23《聯合報》

雨後的美濃如詩如畫

其實一直以來，每一次回美濃，我都把它當成一趟充滿驚喜的經典短程旅行，因為在這裏我可以看到比其他風景區更美麗、更珍貴、更豐富的景緻。

那天下午回到美濃，從濕嚕嚕的大馬路、潔淨的樹葉、帶著雨後草香的涼風中，就可感覺出這是大雨過後的特殊景象。看到那峰峰相連的山嵐，被一望無邊如白色絲帶般的白雲圍繞著山腰，還有不斷擴散的壯觀雲海。它既像大幅的潑墨，更像渾然天成的水彩，美得令人驚艷，美得讓人不知怎麼用筆墨來形容，畢竟它太大幅、太美了。

南邊是一眼望不盡的原野，天地在遠方相連著。湛藍的天空下，不時地飄過棉絮般雪白的雲朵，大朵小朵，忽高忽低，那陽剛般的藍在柔和的白相呼應之下，顯得莊重又和諧，那樣乾淨的美是高貴而難得一見的。置身其間，會有滿滿的幸福感，會很感激上天給予這麼珍貴的恩賜。

不遠處的椰影或高或低地婆娑其間，層層疊疊，高高低低，是那樣的寧靜與祥和，這絕佳的景色比起南洋風情，是有過之而無不及。那動靜自如的雲朵和椰影，會因風向或日光的移動，產生不一樣的風情。有時疏密有致，有時又隱隱乍現、似有若無，像極了耐人尋味的美麗詩篇，讀它千遍也不厭倦。讓人在感動之餘，會忍不住地給予讚歎。

當夕陽即將西沉，金黃色的陽光灑滿了大地，讓到處金黃一片。有時透過林梢的舞動，那金光是會閃爍飄動的。此時的陽光不再刺眼，多了柔和與嫵媚。偶爾還會發現彩虹高掛，讓天邊多了繽紛的雲彩。

小時候常聽父親說：「老天爺是不會騙人的，什麼季節該給天下子民什麼禮物，它自有安排。春天一到百花盛開，花紅柳綠，把大地妝點得像個大大的彩色盤。立秋之後，早晚的涼意是溫柔貼心的。而日子不管晴雨，它所展示的景色就各有精華。」

年幼時，對父親的天公不會騙人的故事似懂非懂。當年紀漸長，看到有

些人，為了騙取他人的錢財，可以踐踏自己的尊嚴、出賣自己的良知時，對於父親所說的故事，我終於懂了，人比天渺小卻可怕。知道自然界的變化，是有它一定的定律，老天真的不會騙人。它會用它的方式，透過季節和風雨的轉變，以及萬物生態的生長，來傳達訊息，這樣的自然法則，人類是無法改變的。

因美濃地理位置的得天獨厚，所以雨後的美濃，就出現很多不一樣的美景，每一景都獨一無二，景景都讓人歎為觀止。雖然每個角落所呈現的風景都不一樣，但一樣的是每個場景都如詩畫般，大大地滿足了人們的視野，和對大自然的好奇心。另外雨後的微風，也會讓酷熱的午後，變得涼爽舒適。

沒想到，午後的一場雨，讓我看到了大自然的變幻的奧妙，也在它的瞬息萬變中，體會出它的萬種風情，那種感覺對我來說，是一種美的饗宴，是心靈上最珍貴的收穫。

107.9.29《月光山雜誌》

兄弟

知道鄰居弋二哥住進加護病房，急著趕去醫院探望。到了病房門口，發現弋大哥已經先到了，因還需等半個小時才可以探病，所以趁機和他聊聊，聽他聊起自己的身世，才知道他和弟弟原來並沒有血緣關係。

原來二次大戰時，弋大哥的父親在國共內戰時陣亡了，留下多病的母親和年幼的他。民國三十八年國民政府要播遷來台時，他媽媽抱著當時年僅四歲的他，想跟著部隊擠上一艘開往基隆的船。

由於上船是在深夜，天色暗，人多又擠，大家為了逃命，爭先恐後不顧一切地要擠上船。在推擠中不知怎麼的，他媽媽被擠得掉下海裏，留下他在船上。經過三天三夜的時間，船才在基隆港靠岸。

在船上他沒看見媽媽，就哭著要找娘。當時在他旁邊的弋家夫婦，看他哭不停，就輪流抱著他，並幫他在船上四處找媽媽。但因為船上實在人太多，寸步難行，他們又喊又問，就是沒找著。而且在找的過程中，還聽到有人說：「他的娘好像掉落海裏了……」他們夫婦沒替他找到娘，只好一路上輪流安撫他。下船時也站在船口，逢人就問是否有人丟了孩子，但是當船上所有的人都下船離開了，就是沒找到他的媽媽。

弋家夫婦只好暫時把他帶回家。心想，先把他安頓好，再慢慢打聽是否有人在某日的船班中，遺失了一個小男孩。但不管他們登過多少尋人啓事，都沒有回音。就這樣，他成了弋家人，而且從此弋家夫婦都視他如己出，左鄰右舍沒有人知道他的身世。

來到台灣兩年後，弋家生了一個小男孩，也就是現在住院的弋二哥。乍到台灣的弋爸爸為了生活，以踩三輪車為業，弋媽媽做些包子、饅頭，用推車推著沿街叫賣，生活雖然清苦，但全家和樂。

或許是弋大哥從小就知道自己的身世，所以特別的懂事貼心，除了努力功課、勤拿獎學金來分擔父母的經濟壓力外，也樂於幫忙家務，讓弋家夫婦很開心。或許是弋大哥的表現太突出，所以常遭凡事不積極又很叛逆的弋二哥的忌妒，他認為父母偏心，比較疼哥哥。

儘管弋二哥常瞞著父母，對弋大哥做出不合理的要求，但只要不違法，而自己又能力所及，他一定會做到，因為他們是兄弟。

四十多年前，當時二十出頭的弋二哥想到美國去念學位，弋家夫婦不同意，弋二哥就纏著弋大哥幫他說情。弋大哥想到弟弟有這個夢想，就要給他機會，不僅說服了父母，還幫他準備學費。

就這樣，弋二哥帶著全家的祝福去了美國。四十年來他很少回來，在那兒有自己的事業和家庭。多年前弋媽媽過世時，他表示工作忙離不開。六年前弋爸爸過世，他有回來，因為弋大哥要把弋爸爸的遺物（包括房產）交給他，此時他才表示自己並非弋家人，弋家的就該歸弋家人。

這件事讓弋二哥很慚愧，他不知道該如何感謝這位大哥數十年來為父母所做的一切。兄弟倆人擁抱了好久好久，弋大哥拍著他的肩膀說：「你是我兄弟，沒什麼。」

今年弋二哥帶著滿身的病回來，他表示在美國這幾年事業失敗，妻離子散，自己已經一無所有，只好回來，希望哥哥能接納他。弋大哥當然義不容辭，帶著他四處尋醫，只希望弟弟早日康復。

我問他，忽然間要面對這一切，會不會覺得很累？他嘆了一口氣說：「一尺布尚可縫，一斗粟尚可舂，是兄弟何不容？」他的話道盡了身為兄長的責任與寬容，相信弋家夫婦聽到了會很開心。

107.10《警友之聲》

一舉數得

其實，當初會做副業不是刻意，而是巧合。有好長一段時間，我的工作中午有兩個小時的空檔。在一次偶然的機會裏，我看到中午時有好多上班族，會出來用餐並買些日用品或一些蔬果。

或許是我看到了「商機」，於是想利用這個時間做點副業，賺點錢貼補家用。為了慎重起見，我請教一些有經驗的朋友。畢竟從別人的經驗中找方法，要比自己無厘頭的摸索來得方便。例如：要賣不容易壞的東西，才沒有壓力；不能賣太重的東西，免得搬運不便；要找辦公大樓附近，因為那兒人潮多，人潮就是錢潮。諸如此類的眉眉角角，都是我必須學習的。

做好心理準備後，我到批發店逛了一圈。結果我發現每一家的東西都大同小異，沒什麼特色，而且有太多人在賣。為了要與眾不同，讓客人對我的

物品有好感，願意掏錢，所以我利用周休和下班後，自己做布包。由於布包能洗耐用，又是手工的，很受消費者喜愛。

每天中午我把事先做好的布包，提到不同的騎樓或街角，擺上一塊布就做起生意來。或許是我挑的點好，又採取薄利多銷的方式，所以生意不錯。

有時我會批些季節性產品搭配著布包一起賣，收入比我想像中的好。我覺得能利用機會走出辦公室做點副業，既可體驗不一樣的生活經驗，還多了一份收入，真是好。

107.12.2《自由時報》，本文入選「談談副業」徵文

輕舟未過萬重山

最近剛出版的《美濃現代作家的家鄉書寫研究》一書，是由現任屏科大通識教育中心助理教授傅含章所著。她以美濃七位現代作家的作品為主要研究對象，致力於文學、文本詮釋之外，並結合空間概念、地誌學及人文、建築……等跨領域理論，剖析、論述作家的家鄉書寫。

因本人的作品很僥倖地和鍾理和、鍾鐵民、鍾鐵鈞、吳錦發、李慧宜、劉崇鳳等作家的作品，一起被列入研究。許多鄉親知道後，只要見了我都會說聲：「很不簡單耶！」對他們的恭維，我覺得很汗顏，因為不是我有什麼才情，寫得有多好，而是因為我生在戰後百廢待舉的年代，又正好身處新舊轉型的交界，目睹了美濃經濟由貧轉富、觀念由舊從新，因我曾走過也參與過，嘗盡富裕帶來的歡心，也看到富裕背後美濃所付出的代價。所以多年來只要有機會，我都會把經歷的過程，加上心中的感觸，透過文字的書寫，

一一地記下來，希望為美濃的歷史做個見證。

由於我生長在美濃，一個傳統以農業為主的客家庄。在數十年前它是封閉的，少和外界互動和交流，大家都過著日出而作，日入而息，靠天吃飯的生活。村民們都樂觀、樸實、勤儉，在農業技術不發達的年代，因種作的收入有限，所以大家的生活只能求個溫飽。

種田人是靠天吃飯，經常收入不穩定，所以日常生活都是最簡單的，難有富足的現象。就像當時我家的房子，是土磚疊成的，地板是泥土的。只要下雨天，屋頂的瓦縫會滴水，雨水滴到地板上會滑，很容易摔跤。又因沒能力擴建房子，一家八口只能擠在一間大通鋪裏，過著最困苦的生活。

當時的環境住屋簡陋，是很普遍的現象，大家也習以為常。當農業機械化之後，因機器代替了人工，農作上節省了很多人力，於是很多年輕人就到附近的城市工作，為家裏多份收入。

而政府也不斷地鼓勵農家進行有計畫的轉作，除了種稻之外，還可以種香蕉和菸葉，來增加收入。許多的家庭就因為多了不同管道的收入，慢慢地改善了生活。

經濟改善之後，漸漸地把老舊的房子，改建成舒適方便的西式建築。當生活脫離了貧窮，孩子不用光著腳丫上學，便當裏也不再全是地瓜飯，上學時也會有屬於自己的制服。

過去沒有娛樂的年代，村子裏只要有酬神活動，都會演場電影或布袋戲，那是所有村民們最快樂的精神享受。然而，自從電視進入每個家庭之後，那些曾經是生命中的美好記憶，就一個個地消失了。

由於婚後我一直客居都市，每次返鄉，我都會發現美濃已經在慢慢地改變。居住的環境比過去好多了，豪宅座落田間。生活品質也都提升了，名車四處可見。諸如此類的轉變都是有目共睹的。而在改變的過程中，我發現很多傳統的美德，也在不知不覺中遠離了生活。

例如，大家庭的和諧歡樂，在家庭結構的改變下已不復存在。禾埕裏不再有穿梭笑鬧的情景。陪著年邁的長輩過日子的，不是兒孫輩，而是沒有共同語言、沒有血緣關係的移工。而原本善良、樸實、刻苦耐勞的好美德，也

因為功利社會帶來異樣的價值觀改變了。過去的美濃，大家惜土如金、善用土地，不管河邊或溝旁，只要有巴掌大的地都會善用，隨時種上一棵茄子或一棵蔥。如今很多良田，任其雜草叢生，少掉了經濟效益。以前美濃的莘莘學子，放學後都要幫父母參與農事，課業只靠挑燈夜讀換取金榜。如今的學子不用幫農事，盡可專心於課業，卻少了鬥志，不僅沒有好成績，還讓美濃成為全省青少年吸毒比率最高的地方。

每次從媒體中看到這樣的報導，我都很難過、很難接受，想問一下，美濃善良、刻苦的特質怎麼一夜之間就不見了。是誰為了不義之財，來傷害了無辜的少年。他們何其不幸，成了經濟繁榮後的受害者。

過去雖然我們窮，但我們窮得開心，因為我們知足。過去雖然我們窮，但我們窮得抬頭挺胸，因為我們安份守己。不像現在有許多人把利益擺中間，道德就擺旁邊了。

每每想到這些，我就會用懷念的筆觸，寫下美濃的過去與現在。我很清楚，原本純樸、勤儉的美濃生活及文化，會被新的價值觀稀釋，很多溫暖豐富的民情，也成了歷史故事，它是回不去的。但我還是懷著感恩之心，努力地書寫，把想到的、記住的、看到的，都透過文字來表達，希望留下一些美好的回憶。畢竟我是美濃的女兒，有責任為美濃盡上微薄之力。

儘管美濃有許多珍貴的建築以及善良的民風，已隨著生活型態的改變而日漸式微，但很慶幸的是，美濃最珍貴的資產——濃濃的人情味，一直都保存著。這份屬於美濃的質樸溫暖，是美濃人的驕傲，它隨時散發著芬芳，無處不在、無地不有。

真沒想到當初書寫美濃故事，只是為了對美濃土地難以割捨之愛，以及對美濃難以忘懷的風土民情，希望透過書寫來保存而已。從未想過有一天，它會被看到並拿來作研究，這真的是很意外。

寫作之路雖漫長無盡，但多年來我一直樂在其中。得空時我喜歡邊欣賞人間美麗的風景，邊寫下這些溫馨感人的故事，從每個故事中享受到無窮的快樂，並藉此充實生活。我更喜歡邊學邊寫，我一直認為在學與寫之中，我吸收到很多養分，增加了成長的機會。

雖然一路走來，我沒什麼大收穫，也沒什麼成就，算不上是贏家，但我自認沒有輸，因為我一直在路上，並繼續前進。

107.12.9《月光山雜誌》

幸好有這個媳婦

利用年假去拜訪樓上的張媽媽。她九十歲了，過年前兩個月，因重感冒引起感染，讓病情惡化，曾數度進入加護病房，結果她命大福大，一次次地脫離險境，如今已復原，可以拄著拐杖到公園散步了。

和她閒聊時，樂觀幽默的她告訴我，或許是年紀大了，器官已老化，經常失靈，少了很多功能。所以這次住院時，常常大小便失禁，又高燒不退，無法起身處理一切，吃喝拉撒睡，都由媳婦巧巧幫忙打理。

張媽媽有一個兒子，也就是巧巧的老公，已退休了。另外兩個女兒，也都已經結婚。張媽媽住院時，白天由兒子照顧，巧巧下班後，晚上在醫院陪張媽媽，換她老公回家休息。雖然辛苦，卻毫無怨言。

張媽媽還告訴我，每次巧巧幫她清理身體，她都很過意不去，總覺得自己生的女兒不願意做的，這個媳婦卻樂意全程包辦，而且看不出一絲不耐

煩。不像女兒一聞到臭味，就趕緊逃命似地離開，不幫忙不打緊，還繃著臉嚷著：「請個看護就好，為什麼要自己做？」讓她看了都覺得慚愧。女兒的表現讓她很失望，會覺得自己教育很失敗，沒把女兒教好。

每一回媳婦聽了女兒的建議，都會和顏悅色地表示，媽媽年紀大了，有自己的想法和生活方式，而且講話大陸腔很重，若臨時找來一個外人，一時之間要順利接手，會很不容易。所以媳婦認為，暫時還是由自己人照顧會比較好。

就這樣兩個月來，媳婦白天要上班，夜裏要照顧她，在身心都受煎熬下瘦了不少，讓張媽媽看在眼裏，疼在心裏。或許是巧巧的貼心和用心，讓張媽媽感覺溫暖和難得，所以她經常找機會感謝巧巧。

每一回只要張媽媽對巧巧說感謝的話，巧巧總會笑咪咪地說：「媽媽您放心，您年紀大了，為您做點事是應該的，我好開心哪！」巧巧就是這樣，凡事都能將心比心，甘願受歡喜做，難怪張媽媽高興！

106.9.13《人間福報》

放手的天空一片湛藍

這兩天張家終於辦好了九六高齡張奶奶的後事，讓張太太鬆了一口氣。

張奶奶有兩個兒子，一個住美國，因身體不適，無法回來處理後事。另一個兒子也就是張太太的先生，在兩年前就已經走了，留下張太太和一個女兒，整個過程就靠兩個女人撐著。

張太太的女兒約三十歲，過去張太太從不提女兒在哪兒工作。鄰居感覺她對女兒的工作是很不認同的，而且還有神秘感。

但這次看到她女兒在處理喪事時，整個的流程很專業，除了少掉很多繁文縟節，還省下很多開支。最最重要的是，在少了開支又節省很多時間之下，仍讓張奶奶的喪事莊嚴而不失隆重，讓很多長輩覺得這個小女孩不簡單。

親友們在好奇心驅使下，問了張太太，是如何訓練女兒的冷靜和細心？張太太才說出，女兒是禮儀師，入行好幾年了。過去她一直反對，認為天下行業這麼多，為什麼要去做這樣的工作？

女兒的回答是，能替一個辛苦一輩子的往生者，做最後的一些服務，讓對方乾乾淨淨地離開紅塵，沒什麼不好。更何況她服務的不只是往生者，很多的時候，還是喪家的最佳安慰者。

因為有些家庭忽然失去親人，一時之間無法接受，於是生活亂了方寸，對喪事更是不知如何處理。這時禮儀師會拿出自己的專業，幫喪家度過難關。

儘管她女兒有慈悲心，也喜歡這個行業，但她還是反對，她認為那是說不出口的行業，會被別人笑話的，所以多年來，她從不提女兒的工作。

沒想到這次張奶奶的後事，幸好有女兒的協助，才能一切圓滿，她感嘆地表示，過去太對不起女兒了。從今以後她要學會放手，讓女兒安心地做自己喜歡的工作。

其實我常常覺得，只要是正當的工作，只要孩子有興趣，做得開心、有成就感，要從事任何工作，當父母的都不該阻止。就放手讓孩子去闖吧！說不定哪天就闖出一片湛藍的天空。

106.5.7

這對父母教會我的事

這陣子連續幾天的大雨，把屋後要上山的路，沖得坑坑洞洞。因山路不平，要上下山的人，不僅不方便，而且容易滑倒，所以有人發起大家來修路的活動。

要修路就得準備工具和材料，如小鏟子、小水桶、小畚箕……以及一些砂石、磚塊。想參與的人，家裏有什麼可派上用場的就帶來，以備不時之需。至於砂石和磚塊，聽說是常來爬山的幾位伯伯出資買來的，就堆在山底下，要上山的人就帶一些。

一連幾天，只要天氣放晴，我們就會上山，大家分工合作。有的清理泥濘；有的把倒下或傾斜的樹扶正，並綁上扶助架，免得颱風來臨時出狀況；有的則砌磚塊。雖然大家忙得汗流浹背，但都忙得很開心，累了就在樹蔭下乘涼。

星期日那一天，原本的一群人，同樣一大早就上山忙碌。在工作的過程中，我發現來幫忙的人，多了一對年約四十多歲的夫妻，和一個約十歲的男孩。父母忙著傳磚塊，瘦瘦高高的小男生哼著歌，忙著用小鏟子把泥濘鏟到水桶，再提到樹底下倒。他的表現讓我們很訝異，雖然他年紀小，工作卻很認真、不喊苦，感覺上他很有經驗，做起來很順手。

當工作到一半時，忽然又下起雨來了，大家把手腳洗乾淨，就在涼亭上休息一會兒。此時一群人很好奇地和他們聊起來，原來他們趁著假日來這兒爬山，剛好看到大家忙著修路，平時就在當志工的一家人就參與了。

提到小男孩為什麼小小年紀，可以動作這麼俐落？這對父母笑著說：「或許是假日時，我們帶著他四處當志工，在耳濡目染下多少學了一些。」

看到孩子工作結束後，把鏟子刷洗乾淨，讓明天的人可方便使用，我相信這孩子長大後，會是個有責任感的人。想想，他的父母對孩子的教育，是多麼的正向，從小就讓孩子參與志工活動，用不同的方式來學習成長，並享受付出的快樂。

106.8.2《聯合報》

叮咚！歡迎光臨

我家樓下對角的紅綠燈旁邊，分別開了兩家不同店名的便利商店。雖然店名不同，但所賣的東西、服務的品質都大同小異，所以只要有需要時，不管去哪家都一樣的方便，真正的是它家就是我家。

因地利之便，外出時我不管往左或往右，總會經過這些為現代人帶來方便和依賴的店家。它雖然占地不是特別寬敞，卻窗明几淨，整天燈火通明，讓人看到了就會有一種無形的安全感。尤其是女性朋友，在夜裏不管外出或回家，只要看到那光明一片，心中就踏實多了。

店裏除了貼滿各種集點換禮物的誘人廣告之外，還有排列整齊、應有盡有的各種商品。吃的、用的、排汗衣、保暖衣、各種溫度的飲料，還有小朋友的玩具或成年人的菸酒，以及琳琅滿目的年節應景大小禮盒……因此，只要進了門都能買到想要的。

除了生活上所需要的大小日用品，商家的服務也包羅萬象，要提款、要捐錢、要繳電費、繳保險費、要買高鐵票、要領網購的包裹、要寄快遞，甚至於向他們要個紙箱……只要能想得到的事，都可以在很短的時間內在這兒完成。這樣無所不包的服務，讓忙碌的現代人省下很多外出辦事的時間。

最最重要的是，它提供了全天候的服務，把有時間限制的郵局或銀行的業務都承包了，所以無形中成了現代人生活中不能缺少的依賴，這也是它所以受歡迎的關鍵，難怪大街小巷都有它的蹤影。

在這兒除了購物方便外，店家還提供了座位，以及洗手間，讓客人安心使用。每次去便利商店，一進門就聽到店員們的「歡迎光臨！」，這時我就很開心。或許對方正在忙著結帳或補貨，根本就沒看到有人進門，但只要透過「叮咚」聲，他們就很直覺地說出「歡迎光臨」或「謝謝光臨」，那感覺總讓人很窩心。

我常覺得這些年輕店員，除了具備耐心和親和力之外，也要有超強的記性。看他們和經常光顧的客人們話家常的樣子，就可猜出他們瞭解對方的一些習性。例如：張小姐習慣黑咖啡、李爺爺抽的是長壽五、陳伯伯偏愛七星藍、劉家大哥愛吃雞腿飯、江小弟愛吃關東煮、林大姐最愛夯番薯，還有林家毛小孩露比很久沒看到了……等等日常，他們都如數家珍。就像鄰家孩子一樣，大家親如家人。

對於幾位中午過後，來喝咖啡聊是非、講八卦的婆婆媽媽們，他們的問候也從未缺少。畢竟她們是常客，常來消費帶來人氣，讓店裏熱鬧些。在諸如此類的親切互動中，不僅帶來各種商機，也無形中多了鄰里互動的親切感。

或許是這兒提供了太多的便利，因此一大早就有家長帶著孩子來這兒用早餐，順便檢查一下作業，再去上學。也有要去晨運的長輩們，先來買份報紙翻閱一下，瞭解一下國家大事或社會脈動，然後再去運動。還有趕著上班的上班族，總是來去匆匆，一手端著咖啡，一手忙著講手機，就怕上班遲到。

下午放學過後，許多青少年會來這兒聚聚，邊喝飲料邊滑手機，外加聊天，總之在這兒，不同時段有不同的年齡層的朋友相聚，像極了一個大社會的小縮影。

很喜歡到便利商店去消費，除了離家近、服務好，買東西、辦些事方便外，更喜歡這兒宛如大家庭的互動氛圍，親切有趣又溫暖。

108.4《警友之聲》

別忘了回家的路

那天，在南下的列車上，無意中遇到好久不見的小學同學阿忠。他一看到我就豎起拇指比讚，還說：「妳真孝順，經常回去看媽媽。」我嘴角微揚卻沒說什麼，因為我知道我不管說什麼，都會讓他很心痛。

來自農村的阿忠，年輕時為了改善生活、為了在大台北有屋可居，努力地工作。從騎機車的送報生，到擁有自己的公司，是付出比別人更多的努力換來的。為了工作，他一年難得回南部探望父母幾次，總覺得每天都很忙，實在抽不出時間回去，一切等有空再說吧！日子就這樣在不經意中，一天天、一年年地過去了。

有一年，他父親因一場意外而命危。當他趕到家時，他父親勉強地睜開眼，無力地說：「兒子啊！你是忘了回家的路嗎？」那句話為他們幾十年的父子情緣畫下句點，也成了他這輩子難以言喻的痛。

那一刻，讓他感到對父親的虧欠，實在太多太多了。從那以後，他改變了作息和生活的態度，盡量找時間和家人相聚，因為他體會到親情重於一切，雖是無形卻是無價的。

幾年前，他的另一半先走了，為了照顧住在台中的岳父母，他經常放下工作，從台北到台中去探望他們，陪老丈人和丈母娘聊天吃飯，盡半子之孝。他覺得每次看到兩老開心的樣子，他自己也感染到那份喜悅。

有人說：「父母健在時，為人子女的，能對他們多一分關懷和貼心，是最讓他們開心滿足的。」或許很多人會因工作忙而疏忽了，但我認為只要有心，即使是一通電話，也同樣能帶給他們溫暖和窩心。

有道是：愛要及時。相信只要能時時關心父母，就不會有忘了回家路的遺憾，不是嗎？

最美不過夕陽紅

我住的社區今年為了慶祝母親節，特別舉辦了一場別開生面的慶祝活動，為勞苦功高的母親們做最誠摯的祝福。

主旨是為結婚五十年以上的母親們拍婚紗照。夫妻健在的或已喪偶的，不管是母親或父親都可以報名參加。主辦單位設想周到，為了讓母親們能在母親節就能拿到照片，所以在母親節前一個月就來拍了。現場不僅有專業化妝師和美容師做貼心的服務，還有母親們的白紗禮服和各式各樣的晚禮服，來讓大家選擇。父親們當然也有，從最普遍的西裝和燕尾服，到背心及各種款式的帽子及配件。

當天一共搭了三個攝影棚，有三組的攝影師，他們不收費，是義務來幫半個世紀前結婚的婆婆媽媽們，做最完美的服務。畢竟五、六十年前的經濟條件差，結婚即使有拍照，也是黑白的，不像現代這麼多元。站的、坐的、

手勾手或背靠背的，每一組都是最完美的組合。

拍照那天，有些是全家總動員，阿公阿嬤要拍婚紗照，何等的隆重，子孫們怎能缺席？有些長輩子女在國外，兩老牽著手一起來。有些阿嬤已喪偶，自認為拍這個沒意義，但經過工作人員的鼓勵，也穿起婚紗留下最美麗的回憶。

由於大家都年紀大了，髮白齒落或行動不便，或體型變胖或佝僂，平時不太注重儀容，那天大家換上禮服之後，每一個人都變年輕了，每個人臉上都綻放著最自信的神采。有人忍不住地笑呵呵、有的阿嬤穿著白紗，在老阿公的面前卻嬌羞地低下頭。還有一個結婚六十多年的阿公，看到化過妝的牽手變成美嬌娘，一時之間驚訝地喊著：「水某！水某！」讓在場的人笑出眼淚。

有些夫妻看到穿禮服的彼此就相視而笑，子孫們更是大聲驚呼，他們絕對沒想過，有那麼一天自己會當父母親或爺爺奶奶的「證婚人」。

一場婚紗照讓整個社區喜洋洋，每個準「新娘」雖然年紀大了，但在鏡

頭面前那嬌羞喜悅的模樣，比起年輕時是有過之而無不及。畢竟經過歲月的歷練，所散發出來的成熟神韻是年輕時無法展現的。

我覺得那一幅幅含羞帶怯的美麗倩影，已為「最美不過夕陽紅」做了最佳詮釋。我也深信這個有意義的活動，會讓這些主角們終生難忘。

熱啊！就來碗剉冰唄！

中午走在路上，高溫飆到三十六點多度，很多人都在喊「熱」。我經過一家冰品店門口時，看到一個大招牌。招牌上有個臉盆般大的碗，上面裝滿了雪白的剉冰，冰上淋了深粉色的糖水，白、粉相間的溫柔顏色，不僅讓人感覺涼爽舒適，也讓人為之垂涎。

在大熱天看到這麼大碗的冰，我心中湧上一股涼意，也想起了六十年前，和弟妹們一起吃剉冰的快樂情景。那年頭沒有零嘴，在四季如夏的南台灣，我們這些小蘿蔔頭最大的心願是，每年都能吃到剉冰，即使一年就只吃到那麼一次，也就心滿意足了。

那時候一碗剉冰是兩毛錢，我考試或參加其他的比賽，只要是第一名領了獎狀，媽媽就會給我一毛錢當作鼓勵。每次拿到一毛錢，我都藏在枕頭底下不捨得用。因為我想累積到兩毛錢時，可領著弟弟妹妹一起去吃一碗剉

冰，好讓大家開開心心。

每次存到兩毛錢後，我們兄弟姊妹就手牽著手，到附近的雜貨店買剉冰。剉冰的碗和現在一般滷肉飯的碗極相似，碗口寬寬淺淺的。老闆先在碗底放兩片醃過的楊桃片，它的味道是酸溜酸溜的。然後右手搖著剉冰機，左手上的碗就隨著從剉冰機裏滑下來的綿密如白絲般的剉冰轉。

當碗裏的剉冰尖如山時，就在上面淋上一匙深粉色的糖水，此時這碗冰不再是尖形的，而像是積雪的富士山。當老闆把剉冰放在桌上，我們姊弟會相視而笑，那種驚訝和滿足溢於言表。

當我們把它拌均勻後，開始你一匙我一匙地吃了起來。我們心裏很明白，只那麼一小碗，一個人分不到幾匙就吃完了。為了延長吃剉冰的時間，享受那份難得的快樂，我們會非常有默契地讓剉冰在嘴裏多停留一下下，再滑下喉嚨。這種讓冰在嘴裏慢慢融化的感覺真的很好、很有趣，我們一直就用這樣的方式，讓每一次吃剉冰的時間變長。

當剉冰吃完時，或許老闆看我們意猶未盡，大家還在舔著湯匙，就會把我們的碗拿去加些糖水，讓我們都能多喝一口糖水再回家。每次吃完剉冰，我們會高興地又跑又跳，手舞足蹈地高興回家。

小時候能吃到剉冰對我們來說，是很難得、很值得我們期待的。為了要滿足口腹之慾，我們都很努力學習，讓成績一直很穩定。

隨著年齡的增加，剉冰的配料和口味也一直在改變。雖然它的配料豐富多元，但是我還是喜歡當年的簡單口味。畢竟在炎熱的夏天，能吃上一碗酸中帶甜、顏色超可愛的剉冰，不僅暑氣全消，還能帶來滿心的喜悅。

減法人生同樣精彩

過幾天鄰居張姊要搬家，所以這陣子天天在整理東西。我經常聽到他們夫妻在為了某個東西該留不該留而吵架。

她的另一半是個很節省的人，所以他覺得，書櫥、書櫃都是花錢買的，怎麼可以說不要就不要呢？張姊的意思是，這些東西用了三、四十年，已經掉漆了，而且它體積龐大較占位置。更何況要搬過去的房子較小，沒地方放，而且如今是網路時代，買書收藏的機率不高，所以把它淘汰掉。除了書櫥、書桌老舊不要再留，一套已經用了二十年的沙發，有些部分已破皮或褪色，張姊也不想要了，畢竟難得搬新家，就換組新的吧！

這一點，她的另一半也有意見，他認為把舊沙發清洗乾淨還是可以坐，要買新的可是一筆大數目。就這樣，兩夫妻為了家具，各有各的想法，弄得很不愉快。

看到他們夫妻為了家具該留與否爭執不休，讓我想起前陣子看過的一本書《斷、捨、離》。它是日本名作家山下英子寫的。

在這本書裏強調的是，在生活上，我們只要改變一些想法和做法，就能讓生活簡單。生活簡單了負擔就少，少了負擔也就少了壓力，生活就輕鬆自在多了。

書中想表達的是，把想擁有的購買慾降低甚至斷掉，會讓人少了很多的慾望。人少了慾望，無形中會多了知足感，知足就能常樂。

另外，能捨去不需要的過多物質，也是能讓生活簡單的法寶。我有位朋友，鞋子超過一百雙，紅的、綠的、高跟的、無跟的，林林總總，讓她每次要出門，光選鞋子就要花掉很多時間。穿鞋子如此，穿衣服也一樣，累翻了。

至於離，能離去複雜，讓衣食變簡單，也是好方法。出門多利用大眾運輸，家裏少了車子，就少掉很多事。買東西為需要而買，一切就簡單多了。

想想一個家去掉不必要的或多餘的，就變得簡單舒適，生活自然快活，因此減法人生同樣精彩。

108.8.5

一翦梅

相信有很多人喜歡透過不同的方式送禮物給親人或好友。例如：對方的生日或結婚紀念日；或對方得了什麼獎及有特殊表現時，都會送個禮物表示鼓勵；也有人出國時會買些國內少見的紀念品回來分送親友。

雖然我們常送出禮物，但是也有很多的機會收到禮物。這樣的禮尚往來，不僅讓彼此的感情加溫，還會為生活帶來許多樂趣。畢竟有些禮物正好是你最喜歡的，忽然擁有怎不開心。

或許大家生活富裕，什麼都不缺，收到禮物時總覺得，絕大部分的禮物都稀鬆平常，沒什麼特別，也不會特別在意和珍惜。像書、絲巾、香水、包包、衣物……等等一些日用品，因隨處可買又很平價，因此不會很意外。但我很幸運曾經收過讓我很驚訝，一般人很難想像，也不容易會收到的禮物。

因為要買那種禮物不容易，需要機緣巧合。

眞情像草原寬闊，層層風雨不能阻隔
總有雲開日出時候，萬丈陽光照耀你我
眞情像梅花開過，冷冷冰雪不能淹沒
就在最冷枝頭綻放，看見春天走向你我
雪花飄飄，北風蕭蕭，天地一片蒼茫
一翦寒梅，傲立雪中，只爲伊人飄香
愛我所愛，無怨無悔，此情　長留　心間

這是費玉清的經典歌曲「一翦梅」的歌詞，由於悅耳動聽，所以我經常在做家事時，就放錄音帶聽。或許它順口好學容易唱，所以聽久了，我也會哼上幾句。

有一年我和好友佳佳一起到歐洲玩。大家坐在遊覽車上，導遊為了炒熱氣氛，要我們每個人隨便給兩個阿拉伯數字。當前面車子的車牌末兩個數

字，和你選的一樣時，你就得唱一首歌娛樂大家。

我選的是22，結果很巧，第一部來超前的車子，車牌的後兩個字就是22。同伴們一看到有人的號碼對上了，很快地就把麥克風遞上來。為了遵守遊戲規則，我就獻醜唱了平時常唱的「一剪梅」。結果佳佳聽了大為讚賞，她表示不知道我這麼會唱歌。我告訴她，不是我唱得好，是她要求的水平不高。全車人聽了無不哈哈大笑。

或許是這次的經驗，讓她牢記在心，以為我是多麼愛梅花。去年快過年的前兩天，她神秘兮兮地提了一個紙箱到我家，說要送我禮物。我告訴她，大家都老朋友了，何必禮數這麼多，更何況我什麼都不缺，就請她把禮物帶回吧！

她看看我，又看看箱子，眼珠子轉呀轉的，就像箱子裏有什麼寶貝似的。當她小心翼翼地打開紙箱時，我發現那是開著一枝粉色梅花的盆景。

霎那間，我驚訝地說不出話來，我不知道這是她從哪兒弄來的。因為我經常逛花市，見過很多的梅花盆景，有大盆的，也有小盆的；有粉色花的，也有白色花的，但不管是大盆或小盆，或是任何顏色的梅花，它們都有很多枝幹，不像她送來的，只有一枝如拇指般粗、稍稍傾斜還開著粉色梅花，是確確實實的「一翦梅」。

看到那枝盛開的梅花，不因生在小花盆中，受生長環境的影響，仍然綻放著花兒時，我不知道何時眼淚已掉了下來。聽說她是去某偏鄉參觀花展時發現的，由於造型特殊，一般花市不容易看到，就特別買來送我。聽了她的轉述，我很感動，難得她還記住我愛唱「一翦梅」。

看著這麼不一樣的禮物，為了感謝她的真情、好意和貼心，我忍不住地唱著：

一翦寒梅，傲立「盆」中，只爲「好友」飄香
愛我所愛，無怨無悔，此情 長留 心間

108.1《警友之聲》

一技在身，隨處容身

一大早在公園做完健身操，在回家的路上和鄰居燕珠邊走邊聊，方知道她的女兒已大學畢業一年多了，到目前為止還在待業中，因為一直以來都沒找到合適的工作。

過去我常聽她說，女兒一直在學手藝，從美髮、美甲彩繪到做早點、烹飪、服裝設計，以及麵包、餅乾的烘焙，真的是無藝不學。於是我好奇地問她，女兒不是有學過很多手藝嗎？現在是專業吃香的年代，很多工作都等著有專業的人來參與，怎麼會找不到工作呢？是否女兒要求過高的薪資或特別優惠的福利？她搖搖頭表示也不盡然。

已經投出很多履歷了，獲面試的機會卻很有限，就這樣一拖再拖，幾百個日子就一晃而過。如今不僅女兒失去了信心，連她自己也覺得，是不是大環境太差，人浮於事，才會一職難求；還是女兒的技藝還不夠圓熟，否則怎麼會求職之路這麼難行？

聽她無奈地說著女兒的求職故事，讓我想起巷口的田嫂。年輕就守寡的她，過去一直住在台南，並在一家糕餅店工作。兩年前她唯一的兒子考上台北的工作，為了方便工作，就決定從此定居台北。田嫂當時想著一個家就母子兩個人，若要分居南北實在很麻煩。兒子建議她，不如搬來台北同住，把兩個家變成一個家。這樣不僅可以減少家裏的開銷，母子同住還可以互相照顧，一舉兩得。

田嫂覺得兒子說的也有道理，就把台南的房子處理掉後，來到台北在我家巷口買了一間二樓的房子。剛到台北的田嫂，對台北處處陌生，覺得人生地不熟的，天天不敢出門，只躲在家裏看電視，就怕出了門忘了回家的路。平時除了早晚到附近公園走走外，就在家等著兒子下班。

日子就這樣一個月、兩個月匆匆而過，時日一久，她發覺自己不能這樣浪費時間，應該找個工作來做，但已經六十多歲了，要找工作也不容易。有的離家太遠，交通要花費很多時間，她不考慮；有的要輪日夜班，兒子怕她

太累而不同意。為此她打消了出外找工作的念頭。

但為了打發時間，她還是希望自己有份工作，好讓日子過得踏實些。於是她想到年輕時她曾學過洋裁，雖然年代已久，但基本功還是有。為了讓自己更精進些，她報名職訓班的裁縫班，經過三個月的訓練後，她畢業了。領有執照後，她就在自家窗口和樓下的樓梯口，掛上修改衣服的小招牌，希望可以做些活兒，來貼補家用。

掛了招牌後，路過的人看到了，都會把不合穿的衣服拿來修改或換拉鍊什麼的。自從有了這份有一台縫衣機就可以不出門工作的手藝，讓她不僅可以打發時間，還有一份收入，日子過得踏實自由。

記得英國有位名作家曾說過，「百技在身，無處容身」，「一技在身，隨處容身」，這故事正好在燕珠女兒和田嫂的身上，得到最佳印證。

相信這個故事，可讓很多為人父母者作個借鏡，孩子學手藝是好，但必須選擇自己最有興趣的努力認真去學，而且一定要把它學精，以後才有發揮的空間。千萬不能每一種都學一些，卻只學到簡單的皮毛而已。

這種玩票性質的粗略學法，不僅浪費了時間，而且沒有實質的效率。表面上看起來什麼都學過，什麼都會一些，但在工作的領域上卻派不上用場，這情形要找到合適的工作就不容易了。

我總覺得在專業掛帥的年代，想要有一份穩定的工作，學有專精是必要的。畢竟一技在身就可以隨處容身。

108.2《景有雜誌》

濃郁芬芳的人情味

在少不經事時，我只知道飯菜、水果各有香味，從不知道「人情」也有獨特的味道，而且是會令人感動難忘的那種。

生小女兒那天，外子正好出差不在台北。中午發現陣痛時，我趕快洗頭洗澡，然後拎了兩件換洗的衣服，就到醫院去了。順利產下女兒後，醫護人員在產房外喊著「家屬」，來把產婦推到產後病房休息。

喊了半天，醫護人員不見家屬出現，又進來產房問我，怎麼沒有看到家屬？我告訴他們，家屬都住南部。他們「哦！」了一聲後，就把我推去病房休息了。

同病房一位正在照顧媳婦的阿婆，看到剛在產房打了一場生死戰的我，滿身大汗，一臉倦容，立刻遞來一杯開水。或許是我太累了、太渴了，那杯適時出現的水，感覺湧著千古香味特別好喝，因為它充滿了濃濃的人情味。

108.1.31《聯合報》，本文入選「生活中的氣味」

第二輯

一張漂亮的成績單

我已存了兩萬

三年前父親節前夕，無意中知道女兒的大學同學小陳，因家裏發生一點事，需要四萬元才能解決。

和小陳只見過一次面，是他大四時來畢業旅行，女兒趁此帶著一票同學到家裏來。來自南部鄉下的他，高高瘦瘦、一臉靦腆憨厚、話不多，是標準的農家子弟模樣。

畢業服完兵役後，他很快地和相戀多年的學妹結婚了。婚後他工作不是很順遂，正好遇上經濟不景氣，他被公司裁員了，最後到同學父親的營造公司上班。由於工作都是外場，晴天是風吹日曬，雨天就無法工作，於是收入就不穩定。

他的另一半無法接受他這樣的工作狀況，於是要求結束婚姻，留下一個五歲的兒子。失婚後他和兒子相依為命，也順便把住在鄉下的已經八十多歲的父母接過來同住。

就這樣，他靠著一份微薄的工資，要奉養父母和撫養兒子，還要租屋，有時難免捉襟見肘。那一回知道他急需四萬元，我從兒子過年給我的紅包中抽出五萬元，讓女兒交給他。為了不讓他有壓力，我讓女兒把錢裝在紅包袋裏，紅包上寫著：祝陳伯伯父親節快樂！

他拿到紅包很清楚，我不是要給他父親過節，而是有意幫他。他除了讓女兒向我道謝之外，也請女兒轉告，在短時間內他無能力償還，請給他一點時間。女兒告訴他：「你又沒借，要還什麼？我媽說，那是給陳伯伯過節的賀禮，你不必放在心上，只要把家人照顧好就好了。」

這件事就這麼過了，我也忘了。那天女兒忽然接到小陳的電話，他告訴女兒，他已經存到兩萬了，要女兒問我，是先還兩萬，還是等他存夠了五萬再一起還？女兒還是把當初的話再說一遍，只希望他把一家人照顧好就OK。

經女兒的轉述，我喜極而泣，不是因為他要還我錢，而是想到他終於比

以前過得更好，有能力存錢了。即使存的不多，對他來說也是一件可喜之事，怎不令我高興！

107.6.24《聯合報》

麻煩一下，95加滿

曾聽過在高職執教的朋友說，他們的學生不管男女，假日打工的首選是加油站，因為在這兒工作很單純，只要會拿油槍、會算帳就可以，不需花什麼時間和客人互動。另外在這兒可看到很多名車，還可以近距離地接觸或觸摸，滿足一下年少的好奇心，最最重要的是，他們覺得「95加滿」這句話好聽又大眾化，是許多來加油的人最常說的。

多年來我一直以五十CC的機車代步，因它的油箱小，而我每天得騎二十多公里，因此三、五天就得加一次油。

在加油站幫忙加油的，大都是二十歲上下、稚氣未脫的工讀生，他們單純可愛、工作認真。每次我停好車，男的加油生走近，我一定說：「帥哥！麻煩一下，95加滿，謝謝！」女的我則稱她們：「美女。」

大多數的加油生不多話，聽了我的話拿起油槍加好油之後，就告訴我價

錢，收完錢給了發票，說聲「謝謝！」就離開了。

由於經常在不同的地點加油，所以見過不少的加油生，他們年齡相當，工作態度也相似。不過在許許多多的加油生中，有兩位讓我印象深刻。一位是長得有點嬰兒肥的女生，她高高胖胖、用紅絲線紮著馬尾，頭髮的尾端是染成紫紅色的，很耀眼，她走動時馬尾就左右晃動，看起來朝氣十足。雖然穿的是最大號的藍色加油站制服，但是那制服對她來說還是小了一號，因為從腰部就可以看得出來了。

或許是她的臉白白圓圓的，又常笑容滿面、為人親切，所以很討喜。尤其笑起來因為右臉的酒窩很深邃，所以特別明顯好看，加上她所染的髮色不同於一般女孩。除了她的造型特殊讓人容易記住外，她的服務也很周到。通常只要我車子靠近加油台，她馬上過來問：「阿姨！要加什麼油呀？」當我回答「95加滿」時，她會重複一遍說：「95加滿哦！」

接著她動作很俐落地一手拿油槍，一手拿著一塊白色的小抹布把油加滿。當油槍拔出油箱口時，會順手把箱口的周圍擦一圈，再告訴我需要多少錢。當一切手續完成，我要離去時，她會微笑著説：「阿姨！歡迎下次再來喲！」

每次聽她這麼説，我會覺得這孩子很負責，又愛乾淨，老闆請到她是一種福氣，因為她的細心服務，讓人印象深刻，是會讓顧客回流的。

另一位是男生，十七、八歲吧！他高高瘦瘦、頭髮中分，把前面瀏海的部分染成金黃色。每次要加油前，他一定用右手撥一下右邊的頭髮，然後把頭輕輕一揚，露出愉悦的笑容再開始加油。從他的動作裏可以看出，這位年輕人很重視外表，而且很愛耍帥。

最近這陣子因常下雨，我每次都穿著雨衣去加油，要付錢時總要翻開雨衣，才能拿出身上的錢，這樣難免會耽誤一點時間，總覺得不好意思。昨天我趁他在等我掏錢時順口説：「帥哥！你的髮型好酷喔！」

他笑了笑説：「真的嗎？郭富城是我的偶像，我就選和他一樣的髮型。不過最近有人告訴我，這是賴院長的髮型，我覺得不管是誰的，自己開心就好。」説完他又靦腆地笑了。

看到這些年輕人在不影響他人及不會造成負面的示範下，很有主見地選擇自己所愛的裝扮，我很替他們開心。或許哪天他們會離開這個工作環境，想法也會因此而有所改變。但是想想，年輕真好，能讓自己的選擇，在「95加滿」的青春歲月裏留下一抹色彩和喜悅，真的很棒、很有趣，相信這一段將為他們的青春留下難忘的記憶。

107.6《警友雜誌》

分工合作焢窯樂

對於生長在都市的孩子，若能利用假日到鄉下住幾天，體驗農村的生活，這對他們來說，將會是一段有趣難忘的回憶。

鄰居小敏夫婦很有愛心，領養了四個來自不同家庭的兒女，都還在念小學。那天她老公到國外出差，我正好要回南部看媽媽，就順便邀她，何不利用寒假帶著孩子和我一起去玩，讓孩子離開城市，到鄉間接觸自然。

就這樣，我和她領著四個開心好動的孩子，浩浩蕩蕩地回到家鄉美濃。因歲末，家裏的農產品正在收成，我帶著她們一家，和叔婆的幾個也是從都市回來的孫子，一起到瓜田撿地瓜。然後再撿來一堆大小不同的泥塊，我和小敏開始疊土窯。

在疊的同時，也吩咐孩子把附近已曬乾的玉米梗撿來當柴火。窯子疊好後，開始起火燒窯。由於柴火充裕，兩個窯子很快地燒得紅通通。接著讓孩子把地瓜用長夾挾進窯裏。

地瓜入窯後，孩子們開始用木棍打碎泥塊並讓它燜著。利用燜地瓜的空檔，我給每個孩子一根用細竹子做的釣竿，帶著他們在小水溝邊釣青蛙。由於這些孩子從未看過青蛙，所以只要有誰釣到了，大家又抱又跳不斷地歡呼，那驚訝高興的模樣真是可愛。

一小時後，窯上的泥土已經微涼了，也就是說裏面的地瓜已經燜熟了。一聲令下，讓孩子們慢慢地用竹片把泥土撥開。當一條條烤熟的地瓜呈現在眼前時，孩子們又是一陣歡呼。

每個孩子拿到地瓜後，一邊把它吹涼，一邊大口吃著。雖然每個人都灰頭土臉，但個個都開心地笑著，那屬於純稚的幸福，真是溢於言表。在鄉村除了讓他們體驗釣青蛙、烤地瓜，也要讓他們認識蔬果，知道蔥和蒜有什麼不同，絲瓜是吊在瓜棚的，蘿蔔是長在土裏的。另外也讓他們認識一些昆蟲。結果他們都好奇地提出很多問題。

利用假日讓孩子們下鄉，接近自然、認識自然，相信對孩子來說是另一種無形的收穫。

107.7.9《人間福報》

最好的機會教育

那天在餐廳吃飯時，無意中聽到這樣一段對話。年輕的媽媽在每一道菜送上桌時，不像別的媽媽急著挾給孩子吃。她先告訴兩個四、五歲的小兄弟：這盤是魚，牠帶給我們營養，讓我們長高、長大，所以我們要感謝魚，是牠犧牲了生命，我們才有魚吃。

小兄弟似懂非懂，不停地點頭。這盤是蔬菜、這盤是水果，這些都是農人辛苦種的，才讓我們能吃到好吃的蔬菜水果，我們也要感謝農人唷！

看到她耐心地告訴孩子，在生活中不管我們吃的或用的，都是經過許多人的努力才換來的，要他們珍惜並懂得感恩，我很感動。

我心想，要是當父母長輩的，在孩子的成長過程中，能經常給予機會教育，相信這對孩子是很珍貴的功課，也是最好的學習機會。

107.7.15《國語日報》

那段打赤腳的日子

傍晚去倒垃圾，看到一位太太，提了一大包看起來還很新的大小鞋子，往垃圾車裏扔，我覺得好可惜。

小時候，每年除夕夜，媽媽會花一塊錢，幫我買一雙紅色的木屐，讓我在新年裏能和鄰居小朋友一樣，穿新衣和新鞋過新年。雖然，我有了新木屐，但這雙木屐只有每天晚上洗好澡後才可以穿一下，因為晚上要上床睡覺，有穿木屐腳丫子乾淨，才不會弄髒床被。

白天不能穿，是要讓木屐的使用率降到最低，因為它要穿一年。要是白天和晚上都穿，一定很快被磨損，三、兩個月就壞了，媽媽又得買新的，這樣會增加父母的經濟負擔。

因白天沒鞋子穿，鄉下地方又是碎石子泥巴路，所以上學赤腳走路很難受。夏天豔陽高照，馬路曬得發燙，我經常邊走邊跳；下雨天雙腳泥濘，到了校門口後，就得先在護校河上，把雙腳洗乾淨再進教室；冬天寒流來襲很冷，腳丫都凍裂並滲出血，每踩一步都覺得很吃力，腳底是好疼好疼的。

或許是赤腳上學帶給我許多不便和痛楚，所以看到有鞋子穿的同學，可以在馬路上自在地追逐、跑跳，我都會好羨慕。我也很想體會一下，穿著鞋子走在路上的感覺，可惜那對我來說是奢想。

本以為赤腳上學的日子，在小學畢業以後就會結束，因為念初中，學校規定不能光腳。但很多的時候，想像和預期有很大的落差。註冊時看到媽媽為了幫我籌四百多元的註冊費，背著三、四個月大的小弟四處借貸，心裏非常難過。

當學費籌足時，又要買校服和鞋子。當時一雙鞋子是媽媽幫人家割三天稻子的工資。為了減輕媽媽的負擔，買鞋子時我買加大的，因為我想一雙鞋子穿三年，這樣我就可以不必擔心，萬一鞋子穿壞了怎麼辦？

就這樣，為了延長鞋子的壽命，每天上學時，我把鞋子放在書包，邊跑邊走地抄小路走田埂。快到校門口時，在路邊的小水溝，我再把腳洗乾淨，

然後把鞋子穿上，再進入校門，這樣可躲過站在校門口檢查儀容的訓導主任。

我把鞋子穿進教室，參加升旗典禮完以後，開始上課時，又把鞋子脫下收起來，用這樣的方式來保護鞋子。有一回要上廁所，忘了穿鞋子，一出教室就遇上訓導主任，他把我叫過去，問我知不知道在學校沒穿鞋子是犯規的，犯規一次是要記警告一次的，我點點頭。他又繼續問我為何明知故犯，我只好無奈地說出一切，他沒再問就走開了。

從那以後，在學校裏他再看到我打赤腳，就沒再為難我。畢業後，我曾在教師節寄賀卡給他時，特別感謝他的寬容，才讓我的初中三年，因沒被記警告，才能領品學兼優獎。

畢業典禮前幾天，我把穿了三年的鞋子拿出來刷洗，因為想穿它上台領獎。洗鞋時媽媽看到了，哽咽地對我說：「這三年！難為妳了。」我含著淚猛搖頭，不知道要對媽媽說什麼好。

打赤腳的日子，就隨著畢業典禮結束了。踏入社會工作後，我雖然有能力買得起鞋子，能讓腳丫子不再拋頭露面，可以舒適過日子，但每一雙鞋我都很珍惜，小心翼翼地保護著，而且一定穿到破，才讓它功成身退。我絕不會把還能穿的鞋子當垃圾丟掉。

或許是打赤腳的歲月讓我吃盡了苦頭，也讓我很能體會沒穿鞋子的痛苦，也特別能感受鞋子對腳的重要，於是對鞋子很重視。因此看到有人把還能穿的鞋子丟了，會特別心疼，感覺好可惜。

107.8《警友雜誌》

樂樂出嫁囉！

其實會把「樂樂」帶回家，是因為怕牠在下著雨的冬夜，少了安全而喪失生命。

那天傍晚我出了捷運站，就低著頭快步向前走，不小心把一個鞋盒子踢翻了，馬上聽到一聲「喵！」，接著看到一個小黑影消失。

我連忙蹲下身子，看到被淋濕的鞋盒，我確定牠是棄貓。連喊了兩聲的「喵！」，都沒聽到回應，就急著回家了。

到家後，我把這情形告訴女兒，女兒表示這麼小的貓，被棄置在下著雨的公園，不餓死也會凍死。於是我們拿了手電筒和小籠子，一起回到剛剛發現貓咪的地方，希望能找回牠。

我們邊喊著「喵！喵！」，邊晃著手電筒。找了半天都沒結果，女兒說：「貓咪！怕你受凍，想帶你回家，你不出來，我們只好走了。」或許是牠聽到了，當我們要離去時，忽然聽到一個微弱的聲音，結果就在離我們約兩步的地方，發現奄奄一息的牠瞪著半開的眼睛。牠頭頂是黑白色，身上的右半邊摻雜了兩撮拇指般大片的土黃色。

看清楚牠的長相後，沒養過貓咪的我們，不知道該怎麼辦，就先用乾毛巾把牠裹住，放入小籠子，然後把牠送進附近的「貓園」。

本以為只要請教貓醫師怎麼照顧牠就可以了，沒想到貓醫師給了一些建議，希望把牠留下來做一些檢查。因牠算流浪貓，怕牠身上有寄生蟲、有跳蚤、有愛滋，這些都需要進一步檢查，所以要確認沒事才可以回家。

為了牠的健康，就把牠留在醫院，也順便問醫師，牠是公的還是母的？差不多多大了？醫師說：「牠是貓小妹，出生不到一個月，有感冒和營養不良的現象。」在牠住院期間，我每天都會去看牠，和牠說說話，也幫牠取名「樂樂」。每次去看牠，只要輕喚「樂樂」，牠立刻轉過頭來，瞪著一雙大眼睛緊盯著我，然後一聲「喵！」，經過無數次的探望，我發現牠長大不少。

趁牠住院期間，我除了幫牠準備一些吃的和用的，也給自己一些心理建設，因為往後「樂樂」會加入我的生活。

懷著驚喜忐忑的心，把住院二十天的「樂樂」接回家，安置在一個牠專屬的小房間裏，並告訴牠：「歡迎到我家，希望你往後會很快樂。」或許在醫院時，牠已經學會和人的互動，所以對人沒有那麼驚恐。當我把半開的籠子放在屋裏時，牠只四處張望一下就低下頭。

為了讓牠適應新環境，我退回房裏忙我的事，偶爾從門縫裏看一下牠的動靜。有時牠伸著懶腰在睡覺，有時趴著玩玩具，有時在吃飼料。大約從第三天開始，牠一聽到我起床的開門聲，就喵的一聲跑到我身邊，跟前跟後的，即使我進了洗手間，也要趴在門外等我出來。

每天我六點就要出門，下午回家已四點了，或許是太長的時間沒人陪伴，所以只要看到我回家，牠是高興得又跑又跳，並要討個抱抱。

每次看到牠那種期待的眼神，以及數次進入貓砂的急躁不安，我才發現對「樂樂」來說，我不是個好主人。因工作忙很少陪牠玩，也因為早上趕著上班，有時忘了清貓砂，讓牠忍著沒有去便便。有了這樣的經驗後，我想到該幫「樂樂」找個有經驗、有愛心的主人，讓牠有更好的照顧。

在一個偶然的機會裏，和好友阿秀聊起此事，她很驚訝，覺得怎麼那麼巧。她家的母貓前陣子下大雨時從三樓摔下就走了，留下中年喪偶的黃色公貓，每天不吃不喝，快得憂鬱症了。

她正在四處物色，想幫牠找個伴，沒想到會有這個機緣。為了讓「樂樂」換新家有安全感，阿秀常來我家陪「樂樂」玩，建立彼此的情感。就在一切準備就緒後，我家「樂樂」正式宣告出嫁了。

為了感謝這段日子「樂樂」帶給我的歡樂，也慶祝牠找到好人家，在牠大喜之日，我送牠一部寵物車、兩包飼料，還有一些玩具，也虔誠地祝福牠，往後貓如其名，幸福快樂。

107.10.18《聯合報》

愛從同理心出發

我常覺得，一個人在付出愛的同時，若能以同理心為出發點，那麼這份愛會帶給對方溫暖，也是會令人感動的。

由於我是生長在要什麼沒什麼的家庭，因家徒四壁，所以從小看到父母為了生活，歷盡艱辛，嚐盡了人情冷暖。每次看到父母無奈的模樣，我的小心靈就會難過，甚至於會有痛的感覺。

或許是從小就體會出生活對某些人來說，因環境或是際遇的關係，它是辛苦的，更是不容易的。所以當我長大成人，有了謀生能力讓生活穩定後，我會經常投入弱勢團體當志工，希望能為有需要的人盡點微薄之力。剛開始因少不經事，處理事情都比較直接，少了婉轉圓融，因此常會讓受助者感受到不自在，體會不出被關懷的開心。

經過不斷地學習，不斷地請教長輩們，我慢慢地學會以同理心來表達，把自己當作受助者，用這樣的方式來體會對方的心情，讓受助者在被尊重的情況下接受幫助。某次去探訪一位單親媽媽小惠，她和兩個四、五歲的兒子，住在租來的五坪大的小房裏。那是頂樓加蓋的矮房，屋子矮又小，雜物又多，整個屋子沒什麼通風設備，因此熱烘烘的，兩個小兄弟熱得滿身大汗。

為了要協助她，第二天我買了一支電扇到她家。我告訴小惠，這是我搬新家時朋友送的，因家裏用不上，又沒地方擺，只好請她幫忙保管，她信以為真，笑著點頭收下。

有一天李媽告訴我，她家的越南看護安娜很可憐，才來她家兩個月就生病，住院花了一萬多塊，因身上沒錢，就先預支一個月的薪資。接著她爸爸出車禍又再借一筆，因為沒錢還，天天以淚洗面。我聽了心很酸，為了幫助她，我騙李媽我可以在「某機構」幫她爭取補助。

第二天，我把錢交給李媽，讓她轉交給安娜。她數完後表示，扣掉預支的還有剩。我要她把多餘的給安娜當零用。我沒告訴她，這是我一年來的稿

費。我只覺得這些錢我放著沒用，給了安娜卻可以解決很多問題，我何樂而不為。

昨天鄰居大嬸告訴我，她從南部來的房客阿榮機車失竊了，小夥子哭了好幾天。因為他省吃儉用，好不容易才買了一部中古機車。他是靠機車幫公司送貨維生，如今生財工具沒了，不僅沒有能力再買，工作也將停滯。沒了工作，生活將成問題，媽媽的醫藥費也無著落。

我聽完之後，立刻表示「真巧」，我兒子最近將被派到對岸工作，他的機車短時間用不上，他還正擔心他的機車會因長時間沒騎而生鏽，剛好可以讓阿榮幫忙照顧。我請大嬸轉告阿榮，盡快地去辦過戶手續，這樣就可以恢復工作了。

隔天晚上，大嬸帶阿榮來我家取車時，阿榮哽咽地不停道謝。我拍拍他的肩膀，感謝他願意接手，讓我家「野狼」又可以快樂地馳騁，他靦腆地笑了。

阿榮離去後，大嬸偷偷地問我，兒子明明在台灣工作，為什麼要編這個謊言？我笑著回答，只有這樣說，阿榮才沒有壓力，更何況兒子很少騎機車，都以捷運代步。如今把機車送給最需要的人，那才是做到物盡其用，這對我們來說是雙贏的。她聽了頻頻點頭，表示阿榮真幸運，能遇貴人相助。我覺得這沒什麼，把車送給真正需要的人，那是一種無上的快樂，雖然不是全新，但對某些人來說，它是生財的工具，有了它就能解決一時的困難絕境。我沒告訴她，這是近幾年來，我送出去的第三輛機車。

付出愛心助人就是這樣，能以同理心出發，不讓對方承擔壓力或人情，這樣就能皆大歡喜，不是嗎？

107.11《警友雜誌》

我家住在幸福巷

我家住的巷子不長，住户不多，只有三、四十户，而且幾乎都是住著老人，因為它近山區，購物不方便也不熱鬧，所以年輕人不喜歡住這兒。

由於住户不多，而且都是幾十年的老鄰居，所以大家都認識，感情好互動也多，也特別珍惜這份情緣。張家媽媽喜歡蒔花種草，春天一到百花開，她會分送每家小盆景，大家一起來種花美化環境，讓整條巷子鳥語花香，也讓路過的人猛按快門，把巷子裏的美好景致帶回家。

李家大嬸是北方姑娘，麵食做得一級棒，沒事就動手包包餃子、捏捏小籠包，每家分享幾個，讓大家齒頰留香。巷口的客家阿姨，得空時會蒸些蘿蔔糕，或做些客家仙草，讓大夥兒感受客家美食。

前陣子二樓的張爺爺不小心在浴室摔了一跤，不良於行，張奶奶忙著照顧他，無法上市場買菜和下廚。鄰居媽媽們得知，大家輪流送飯菜，讓張奶奶安心照顧老伴。整條巷子就是這樣，大家雖然沒有血緣，卻親如家人，因為你家的事就是我家的事，大家不分彼此，相互照顧。

我家這條巷子住的大多是老人，其中有七位婆婆媽媽是孤家寡人獨居的。雖然家裏少了男主人，但是她們並不孤單，自組「七仙女服務隊」，從大姊、二姊到六妹、七妹，個個樂觀知足，快樂地過著每個屬於自己的日子。

除了經常結伴去遊山玩水，也定時地到不同的弱勢團體當志工。希望在自己還有能力時，去幫助一些需要幫助的人。她們還約好當哪天老邁時，大家就住在一起，彼此好有個伴。

我們的巷子就是這樣，雖不豪華，但寧靜祥和、美麗溫馨，而且大家感情濃厚，所以住這兒很幸福。

107.5.8《人間福報》，本文入選「小巷弄」徵文

處處都是好水好土地

每天早上梳洗過後出門前，我一定到陽台巡一遍，看看花盆裏剛萌芽、充滿生命力的各種花兒。掛著小花蒂、長滿閃亮星星般小刺的小黃瓜，有粒粒金黃圓似魚卵、正飄溢著清香的素蘭，終年紫紅燦爛搖曳生姿的九重葛，以及掛在枝葉茂密下，一瞑大一寸，紫得如絲絨般發亮的茄子，還有一串串紅艷欲滴的小聖女番茄。

先在這兒享受一下小小耕耘後，卻像開心小農場般熱鬧非凡，有花有草，還有各種蔬果的收穫，然後帶著滿滿的幸福，用喜悅的心去展開一天忙碌、緊張的生活。

從小生長在鄉下，父母都是務農的，家裏住的是傳統的三合院。屋簷以外就是土地，父母都深知愛土地是本份，因為土地是一切生活的根本，所以勤勞並善用土地，絕不浪費一吋一尺，即使只是一個巴掌大小，也不能錯過。

一年四季除了看他們在一塊一塊較大的土地上，插秧種雜作，做為主食外，也會看到他們在屋前屋後、牆角或小溝邊，隨性地種下一顆種子，或是瓜苗或是花草。反正有種就有希望、有收穫，有收穫生活就無慮，生活安定就很幸福。

種子落土後，隨著日出日落，就會發芽茁壯，奇異果的綠苗，會得寸進尺地攀牆附枝，然後長出一個個小拳頭般渾圓渾圓的小果兒，有趣極了。當果兒由綠變紫時就成熟了，自家吃不完的，還可以分享親友。花草們也不讓果兒們專美於前，會爭奇鬥艷地開出一樹的亮麗繽紛，順手剪幾枝插入花瓶，供奉在祖先牌位前，或放在客廳的茶几上，就這樣讓屋裏屋外，處處有花香，處處充滿了朝氣和美景，處處洋溢著美滿幸福。

或許從小就看到父母們善用土地的經驗，也知道土地的可愛，它是人類最好、最忠實的朋友，種瓜就得瓜，種豆就長豆，絕不失信。每一回我都沉醉於那小小收穫的幸福裏。所以長大以後，我不管住都市或鄉村，我都想辦

法弄些泥土來，有院子就鋪在院子裏，沒院子的就把泥土裝入花盆或桶子，再把想種的花果的種子，分門別類地種在適當的位置。

或許台灣處處是好水好土地，在鄉下有耕耘就有收穫，種什麼長什麼，泥土總是熱情地給予種植者最好的回報。在都市也一樣，當我在大大小小的盆子裏，種下當季的蔬果時，它們都不負我所望。靠陽台邊的絲瓜藤，會順著鐵欄杆往上竄，上了二樓又到三樓去，偌大翠綠的葉子，為光禿禿的水泥牆憑添了無數的涼意和盎然。金黃色的花兒，在微風中閃爍著光芒。當銀絨絨的瓜兒吊滿整棟樓的牆壁時，我會告訴同樓的芳鄰們，瓜兒長在誰家就屬於誰的，只希望大家都能分享到收穫的喜悅。盆子裏的九層塔和紫蘇，鄰居們用得上時，也都歡迎來採。

當小番茄鮮紅欲滴掛滿樹枝時，不僅左鄰右舍可品嚐，蜂兒、蝶兒也忙進忙出，這邊停停，那邊飛飛。最可愛的小麻雀會不請自來，還呼朋引伴，天未亮就嘰嘰喳喳的，又唱又跳，好不熱鬧。那種歡樂與共的感覺，真的很幸福，尤其是在都市叢林中，更是難得。除了蔬果，家家户户還利用泥土，種了很多盆景，美化了環境，帶來更高的生活品質。

其實台灣就是這麼好，從南到北都是好水好土地，加上有勤奮的人民，善用這個上天所賜的得天獨厚的土地，所以才孕育出優質的農產品，一年四季各式各樣的水果，隨處可見，吃也吃不完。又Q又香的稻米，和五顏六色的花卉，不僅供國人食用、觀賞，還揚名國際，每年替國家賺取可觀的外匯，讓人民所得增加，也促進了經濟的繁榮，更提高了台灣在國際上的地位。

我覺得台灣雖小，但土地很肥沃，加上好水質，讓處處充滿了生機，豐富了萬物，造就了一個豐衣足食的社會，在這兒我能看到強韌生命力的成長，以及耕耘後收穫的喜悅，想想這是何等的幸福啊！

107.11.30

雪中送炭

一連兩天在報上看到兩則雇主對移工不友善的新聞。一則是八十多歲的阿嬤，因為有輕微失智的情形，經常忘了東西放哪兒，於是把身邊的移工當小偷看待，有時用言語羞辱，有時用衣架打移工。

另一則是一位自尊心很強的退休將軍，他自認自己可以自理生活，任何事不喜歡假手他人。每次看到移工在他身邊跟前跟後，就會忍不住發脾氣，不是罵粗話就是拿椅子K對方，讓移工頭破血流。

雖然移工被虐待的事時有所聞，但我相信在台灣，絕大多數的雇主對移工是親如家人的。前陣子鄰居張爺爺家來自越南的移工阿梅，才來了一個多月，就接到父親過世的消息。

無助的她邊工作邊哭，張爺爺的媳婦問她：為什麼哭得這麼傷心？本以為她是想家或不適應異鄉的生活，沒想到她回答：在越戰傷了一條腿的爸爸過世了，她很想回家看看，但自己又沒有錢……說著說著又哭了。

張家媳婦聽了後伸開雙手，把她抱在懷裏，拍著她的肩膀要她放心。第二天張家兒子媳婦幫阿梅買了來回機票，並送她到機場。臨行前還給她十萬塊，要她帶回家幫爸爸料理後事，並囑咐她把家裏的一切都處理好再回來。阿梅看到張家人對她那麼好，雙腳一跪，不斷地向張家兒子和媳婦叩頭。

阿梅回家後，張家不曾打過一通電話催她，只希望她勇敢地面對喪父之痛。至於照顧張爺爺的工作，暫時就由兒子和媳婦輪流請假來照顧。

十天過後阿梅回來了，不僅帶回有她們全村人簽名的對張家大恩大德的感謝信，還帶回六萬五千元還給張家。她說：「爸爸的後事用最簡單的，所以把老闆多給的錢拿回來。」她表示非常非常地感謝張家對她的幫助。

看到張家人對身處逆境的移工如親人般的相助，鄰居們都很感動。相信在台灣，有很多的雇主都像張家一樣，會善待這些離鄉背井、幫我們照顧長輩的移工們。

106.12.26《聯合報》

三十五年一覺警妻夢

當他退休那一刻，我如釋重負，心情一輕鬆，忍不住地嘴角上揚，因為這一刻得來不易。

婚前，我對刑警勤務是一知半解，只知道他們很忙，要時常見面不容易。儘管好友曾好意告知，嫁了警察等同半個寡婦，我依然迷迷糊糊不知道是怎麼回事。

婚後，同住一個屋簷下，才知道他們的勤務是二十四小時輪班，七天一輪休，三天一外宿。有時即使是輪休日，也會因為案子未了必須繼續，而無法休假。由於很多的刑案需跨縣市來釐清案情，在資訊不發達、交通不方便的年代，在抽絲剝繭中，南來北往地追嫌犯，那是需要曠日廢時的，因此需要花的時間很難預估。

像這樣男主人經常不在家的日子，很多事我必須自己作主，一肩雙挑處理家務，日子一久，卻讓我學會勇敢和珍惜。要生小孩，我拎著生產包自己到醫院；颱風來襲，家裏淹水了，我背著小孩坐上救生艇到臨時救災中心避難。

由於他公職很忙，很少在家，不僅和孩子們的互動不多，許多特別節日都難得與家人共聚。儘管如此，他對家人的關懷卻從未少過，常以紙條留言來表達關懷。

為了不讓家人擔心他的工作上的風險，每次出特殊任務時，他都若無其事地絕口不提。某次他們幾位同事一起出勤埋伏，同事卻被歹徒開槍而殉職；還有一次他因為阻止一樁自焚案，被嚴重灼傷而住進加護病房。這些事事先我並不知情，是成為社會版的頭條時，我才從媒體得知些許狀況。

諸如此類充滿危險的大小事，對他來說不是偶然，而是必然，但日子一久，也習以為常。因此從不影響我們的生活。日子就在日復一日中不停地過著，一轉眼已到了服務期滿該退休時刻。

他退休那一刻，我深深地鬆了一口氣。三十五年聚少離多的悲歡歲月，

在彼此包容與扶持下終於畫下句點。我們很慶幸能一路平安走過，忍不住牽起手，讓一切盡在不言中。

108.7.25《聯合報》

一張漂亮的成績單

「我媽雖然很忙，但是她有交出漂亮的成績單。」這是我無意中聽到，剛下班的女兒和樓下張奶奶的對話之一，令我很感動。

一直以來都在菜市場做生意，每天早出晚歸，很少跟鄰居們互動，他們只知道我很忙，不容易見面。

那天女兒剛下班回來，在樓梯口遇見張奶奶。張奶奶順口問女兒：「怎麼好久沒看到妳媽媽？」女兒回答：「她很忙呀！每天都有做不完的工作。」張奶奶接著說：「就是啊！怎麼會這麼忙？我已經好久沒看到她了。」女兒笑笑說：「她忙得很踏實，也忙出一張漂亮的成績單……」

無意中聽到女兒和張奶奶的對話，我很慚愧，因為我自認不是稱職的媽媽。孩子從小到大，我不像鄰居媽媽們這麼賢慧，總為孩子料理美味。我是把他們照豬養，家裏有什麼就吃什麼，能溫飽就好。

或許孩子們看到我天濛濛亮就到市場擺攤，下午收攤後回到家，又得分秒必爭做些手工包，明天可以賣，好增加收入。飯後難得有一點時間，又拿來看書或寫點東西，整天就追著時間跑，所以對我從無怨言或有所求，從小就得學會獨立，凡事自己來。

幸好我的忙碌有換得一點成績，除了收入穩定，還有已從報章雜誌上發表過的文章，收輯成十本散文集。也就這樣一路寫著寫著，竟也寫進「美濃現代作家」的行列。

很感謝孩子們一路走來的貼心和體諒，他們對我只有包容和支持，讓我可以沒有後顧之憂，努力專心地做好自己，揮灑自己的天空。

108.9.9《自由時報》，本文入選「子女的貼心話」徵文

我家型男主廚上菜囉！

兒子自從踏入社會之後，工作一直很忙，很少有假日，很少在家用餐，而且經常要到國外出差，每次都十天半個月的。

前幾天他告訴我，下個月將到北京出差兩星期，這兩天老闆特別放他假。他覺得難得在家，就想親自下廚，煮三餐給我們兩老吃。他拿來食譜，要我們把想吃的菜點出來，好讓他提前準備食材。乍聽兒子要下廚，我們兩老忍不住地相視而笑，因為這樣的機會得來不易。

由於兒子小三時在一篇「給媽媽禮物」的作文中，曾寫過媽媽每天作飯很辛苦，長大後他要學做飯，做給爸爸媽媽吃。或許是他一直有這份心，所以長大後會利用課餘，去參加烹飪班。學了烹飪後，只要得空時，就會上市場買食材，然後下廚洗手做羹湯。只是最近幾年，因工作關係，必須兩岸來來去去，因此下廚之事，已經相隔很久了。

或許是他學過烹飪，又曾在美國工作幾年，一直都自己下廚，所以有些下廚的經驗。記得那天當他提出想要下廚做菜時，我並不意外，就隨便選了三菜一湯，包括酸菜排骨湯、清蒸鱈魚、涼拌雞絲、高麗菜炒櫻花蝦。因為家裏只有三口人吃飯，不需要點太多，就怕吃不完可惜。

由於菜單早在前幾天就選好了，所以兒子有足夠的時間去採買。當天早上，他把棒球帽反方向戴，繫上圍裙後告訴我，就把廚房交給他，中午十二點整用餐。我舉起雙手和他擊掌後，就和老伴一起上圖書館了。

十二點整我們準時到家，兒子看我們坐定後開始上菜。先是中碗裝的白飯，飯上撒著紅寶石般的鮭魚卵、幾粒綠綠的蘆筍丁，還有香香的黑芝麻加柴魚鬆。接著是散發著櫻花蝦香氣的高麗菜。他先把粉色的櫻花蝦爆香後先盛起，再把高麗菜下鍋快炒。為了色彩更美，他在炒好的高麗菜上，灑下爆香的櫻花蝦和切丁的綠色芹菜珠，看起來真是色彩亮麗又清香撲鼻，讓人忍不住食指大動。

當他端出酸菜排骨湯時，我被那種酸中帶香、屬於客家酸菜的味道愣住了。因為這樣的味道，只有客家酸菜才煮得出來，偏偏在台北不容易買到真正的客家酸菜。當我問他怎麼這麼幸運，能買到這麼道地的酸菜時，他的回答讓我很訝異。他表示為了這道菜，特別拜託住新竹的同事，從客家庄帶來的。他承認這種酸菜在台北確實不容易買到。沒想到他為了這道湯，是這麼用心，讓為娘的我有小小的感動。

或許他知道我很重視色彩，所以在放蒸鱈魚的白色瓷盤的兩邊，各放了幾粒紫紅色櫻桃和翠綠的豌豆莢，讓雪白的盤子被紅綠相間的色彩，襯托得如詩如畫。看到那色彩是這樣的渾然天成，讓我覺得他很慎重。

在涼拌雞絲中，他用翠綠的小黃瓜絲、鮮紅的蘋果絲、黑得發亮的黑木耳絲作搭配，攪拌均勻後，再淋上事先配好的香油、白醋。雖然整盤涼拌雞絲沒花多少銀子，但因為用心調理，各種食材的刀法和切工，以及色彩的搭配都能相互輝映，所以整道菜不僅爽口好吃，色彩也輕柔分明。讓我們忍不住地頻頻下箸，大快朵頤。

兒子知道我們愛吃清淡，也知道我重視色彩，所以每一道菜，他都把握

了這些細節，看得出他做這些菜的認真。看著兒子信心十足、滿臉笑意地上菜，讓我和老伴不僅吃得很開心滿足，也很感謝他這幾天的忙碌和用心良苦。我忍不住對他說：「謝謝你的好吃佳餚，辛苦啦！」

108.2《警友雜誌》

幸有警察先生幫忙

相信一般人一輩子都很難有機會坐上警車，因為警車是警察人員值勤時的專屬交通工具，不是一般普通人可以乘坐的，除了犯罪的人。而我那天不是犯了罪，是因為警察臨時要幫我忙，才特別讓我搭上警車。

我一向傻呼呼的，老是忘東忘西，更沒有數字概念，所以婚後老公為了慎重起見，除了每個月給我家用外，我沒有存摺，更沒有提款卡，當然也不知道怎麼提款。

那天他臨時不舒服去看診，醫生認為有需要留院觀察，並做不同的檢查。有些檢查健保是不給付的，需要繳現金，我們身上又沒帶多少現金，而他又躺在床上打點滴，不方便去提款，只好把提款卡交給我，要我去郵局領現金。

我懷著忐忑不安的心，邊念他交代的密碼，邊為著他不可知的病情擔心。或許是我太緊張，到了提款機前就把密碼忘光了，怎麼操做就是不對。由於我操作太久，加上因著急難過，不自覺地就一把鼻涕、一把眼淚的，讓排在後面的人以為我是被詐騙了，因領不到錢而哭泣。

此時正好有巡邏的警察先生來巡邏簽到，他們就請警察先生來關心我一下。我把真實情形告訴警察後，他們除了安慰我，並讓我坐上警車。然後閃著警燈，送我到醫院問老公正確號碼，再回郵局領錢。

我就是這樣，連提個款都不會，還要麻煩警察開車幫忙，你說遜不遜？我現在終於知道，老公不敢把卡交給我的原因了。

108.10.17《人間福報》

最認眞的女人

昨天一大早到菜市場買菜時，忽然聽到這樣的一段對話。一位中年主婦對著菜攤約七十歲的大姊說：「美女啊！早安！」「菜市場哪有美女呀！只有很多最認真的女人。」這位大姊這麼回答。

聽完她們的對話，我忍不住地笑了，也順便瞄了一下這些擺攤的女性朋友。由於在這兒買菜進出十幾年了，所以大部分的攤商多少也認識一些。市場口右轉第三攤的林奶奶八十多歲了，她賣的是一些香菇、木耳、筍絲等乾貨，她年紀大走路又有點不方便，所以廠商每隔一段時間會幫她送貨，讓她省去很多麻煩。

有人問她什麼時候退休，她說：「再過兩年孫子畢業了，我就放心了。」原來她有兩個孫子很會念書，一個台大，一個清華，偏偏兒子失婚後，就把孫子丟給她。為了不忍心孫子流浪街頭，十多年來她認真地做生

意，讓孫子能溫飽、能就學。

阿福夫妻已經七十好幾了，也因長年搬菜賣菜，脊椎已明顯側彎了，子女希望他們不要做了，好好地安享晚年。一開始他們真的把攤位出租，沒想到才休息了一個月，又回來賣菜了。或許是因為菜攤是他們夫妻一輩子的舞台，五十年來夫妻在這兒工作，這個工作讓他們養育子女長大，對菜攤有難以割捨的情感，所以放不下。

賣地瓜、洋蔥、蒜頭和薑的阿秀，總是背著一歲多的女兒搖晃著，女兒咿咿呀呀的，她要秤重和收錢很忙，回家還要照顧高齡婆婆。雖然辛苦，她從無怨言，更沒怪罪那個老愛酒駕開車，出了事去吃牢飯的老公。賣宜蘭鴨賞的阿貴嬸，每天天未亮就搭早班火車到台北，在市場擺攤。她常說：「小生意賺不了什麼錢，但能做就是福，福氣啦！」一副樂觀知足的模樣，既親切又有好人緣。

市場裏的女人就是這樣，不管年紀大小，打從哪兒來，每個人的故事都不同，然而相同的是，她們忠於自己的工作，每天天濛濛亮就要到市場擺攤。賣菜的要把菜挑揀過再洗淨，才可以上攤，竹筍、芋頭要幫客人剝殼去皮；賣魚的要刮鱗，要處理內臟；賣肉類的整天雙手都油膩膩的。不管賣什麼，每個人都有忙不完的工作，只為了討生活。

或許是她們的工作屬於勞動性質，為了工作方便，只能穿圍裙、套袖套，衣著不像一般女性這麼正式，但是她們認真的態度是無庸置疑的，所以稱她們是最認真的女人，一點都不為過。

感謝熱心司機相助

昨天清晨氣溫十度左右，雨又下不停，真是冷雨刺骨。六點整我和往常一樣，穿上雨衣，用機車載著四大包的包包，要到市場擺攤做生意。沒想到才離家約一百公尺，機車就鬧情緒了，引擎硬是發不動，只好把四大包的包包卸下來放在路邊。

因車子無法使用，我只好在路邊攔計程車。第一部車子停下來時，我告訴司機先生：我車子壞了，要去市場做生意，您是否願意幫我忙，把這些包包載去菜市場？司機先生看我一眼，看我雨衣溼答答的，沒說什麼，油門一踩就開走了。

我抹去臉上的雨珠，接著又攔下一部計程車，司機搖下車窗時，我指著路邊快被淋濕的四大包的包包，同樣把剛才對前一位司機說的話，重複說一遍。結果這位司機先生說：「好啊！」接著他下車幫我把包包通通搬上後車廂。

當我坐上車後告訴他，非常感謝他在大雨天願意下車幫我忙。或許他剛剛有看到我被拒載的情景，就笑著表示，拒載的事會有，但畢竟是少數，大部分的司機都很熱心服務的，我頻頻稱是。我也告訴他，我不怪那位司機，因為每個生意人有他作生意的考量，或許我會耽誤他的時間，或許我那四大包包包會弄濕他的車子，他有權利選擇要載與否。他說能這麼想就好，下次有需要還是要搭計程車，這樣他們才有生意做喔！

到了菜市場後，他又下車冒雨幫我搬。搬完後我問他車資要付多少，他說一百一十五元。我給他一百五十元，並告訴他不用找了。他跑回車上拿來三十五元找我，並說：「我拿我該拿的，多出來的還是要找。」

雖然當時的天氣又濕又冷，加上車子故障，讓我感到身心俱寒，但卻因為遇到一位熱心的司機，讓我覺得整個人都暖了起來。真的非常感謝那位穿背心打紫紅色領帶、理平頭、約四十出頭的年輕司機，在我最困難的時候伸出援手，讓寒冷的清晨多了一份溫暖。

108.1.3《人間福報》

當稿費變成輪椅

知道我愛塗鴉的朋友，最常問我的一句話，不是最近有什麼新作，而是「妳寫文章稿費很多嗎？」我點頭表示：「還好。」當他們不死心就是要打破砂鍋問到底亂猜時，我就實話實說：「每家報社給的不一樣，每一個字有給五角的，也有給八角的，也有給一塊錢的。」

每當我說出這樣的數字時，他們無不驚訝地大喊；「蛤！就這麼少喔！太難賺了！還寫它幹嘛！」此時我的回答是，報社能提供園地讓我發表，還給稿費，就已經讓我感激不盡了，我怎麼能嫌少呢！他們聽了會覺得也是啦！

其實我和絕大部分愛塗鴉的朋友一樣，醉翁之意不在酒。只是希望我手寫我口，把心裏想說的話或看到很溫馨的事，透過文字的書寫，讓更多的人來分享，就僅僅這樣而已，從沒在乎稿費。

那天趁著到郵局劃撥買書時，順便把存款簿拿去刷了一下，結果發現這幾個月的稿費已累積到快兩萬元了。看到這筆意外的收入，夠買三輛手推輪椅時，我又想捐輪椅給弱勢失能者了。

當初會捐輪椅，是某年冬天在某基金會當志工時，常看到一位拄著拐杖的老奶奶，三天兩頭地來基金會詢問，是否有熱心人士捐輪椅，不管新舊，只要能用就可以，因為她家的老阿公，雙腳癱了沒法走路，需要一輛輪椅來協助，偏偏家裏實在買不起，只好來基金會登記，希望有人樂捐可以幫助她。

知道這件事之後，我領出一筆稿費，到醫療用品店買了一輛輪椅，請店家直接送去給老公公。離開店家的時候，我一想到明天那個失能的老阿公，可以坐在輪椅上，走出户外看看外面的世界，曬曬暖暖的太陽時，我不知道為什麼，眼淚不斷地落下。

從那以後，我用稿費捐拐杖、輪椅、骨灰罈，去幫助一些需要的人。我常想，稿費雖然不多，但是積少可以成多。每次想到把小小的字疊加起來，

就可以疊成一輛輪椅時，我會更努力地寫。即使常被退稿我也無憾，因為我一直沒放棄，會繼續地寫下去。

108.8.9《人間福報》

我們和平相處

婆家和我家僅一巷之隔，結婚時媽媽送我一套家電當嫁妝。由於冰箱是大臺的，所以婆婆常拿一些食物來冰。

由於她每次都拿很多，又要冰很久，所以一開始我會打電話給她，告訴她食物都要過期了，趕緊拿回家吧！每次她接電話就咿咿呀呀的，言語間好像覺得我小氣，怕冰箱被占了，所以就是不來拿。我怕東西壞了可惜，就要外子幫婆婆送過去。

這一送讓婆婆更生氣地表示，她家就是冰不下，才要寄放我家，為什麼我就容不下這麼一點東西。外子氣呼呼地把食物原封不動又拿回來。從這以後，我不再為冰箱之事打電話給婆婆，免得傷了彼此的感情。

媳婦我心一狠，就把快過期的食物煮了，都裝入肚子裏。心想，哪天她來興師問罪，我就把一切推給她的寶貝兒子和孫子。沒想到東西好不容易被

我們吃完了，隔兩天又有了。原來婆婆趁我們上班上學後，自動會來補貨，讓我們不愁沒吃的。

有一天我提早下班，一進門就看到婆婆在整理冰箱，我趁機告訴她：我們把快過期的東西都吃完了。本以為她會嘮叨幾句，沒想到她開心地表示，大家愛吃就好。

從那以後，婆婆來我家冰東西的次數，變得更頻繁。她不嫌累，我也樂得輕鬆，可以少上市場。至於冰箱她想怎麼用，就隨她用吧！誰要我看上她兒子呢！

108.1.1《自由時報》，本文入選「婆媳冰箱風暴」徵文

與時間賽跑的人們

自從宅配這項服務出現後，相信很多人都曾享受宅配帶來的快速，感覺人與人的距離變短了。

我娘家和婆家都在南部的鄉下，都是務農的，經常有不同的蔬果出產。過去沒有宅配，很難有機會吃到家裏種的蔬果。自從有了宅配後，親友們三不五時就會宅配送農產品來，讓我們可以分享鄰居，自己也吃得開心。

以我的經驗，親戚們把產品裝箱，到交給貨運公司，一切都很順暢。只是每次送到台北時，都和預估的時間有落差。畢竟台北的交通不是很好，小巷子、單行道又特別多，很容易造成延誤。

雖然每次家裏送東西來，都會來電話問：「收到了沒？不是說好下午兩點以前就可以到的，怎麼都五點了還沒收到？」希望我去電貨運行問一下。每一回我都要他們放心，東西一定會送到。

前兩天，已經晚上八點多了，一位二十出頭的年輕人，氣喘吁吁地抱著一箱小番茄衝進我家。我看他一臉倦容，就順便問他：「吃晚餐了沒？」他搖搖頭表示，「今天因為是連假的收假日，路上車子多，所以耽誤很多時間，很抱歉。」看到這個年輕人為了工作，把用餐時間都延宕了，我很心疼，就把手上握的正要去路口買雞蛋的兩百元塞在他上衣口袋，要他先去吃個便當，才有體力搬貨。

我一直覺得宅配的工作人員很辛苦，要開車又要跟時間賽跑，還要樓上樓下衝，薪水不高，壓力倒是不小。所以只要有機會，我都會給一點點小費，抑或順手把他們送來的水果，開箱送他們一些，聊表謝意。

108.7.22《聯合報》

伊是阮阿兄

其實我和他沒有血緣關係，會叫他一聲「阿兄」，完全是被他的真誠感動，願意稱他為兄長。他是我好友阿芬的哥哥，都講台語的，所以只要和他見面時，我和阿芬一樣稱他「阿兄」。

阿芬小一時媽媽就過世了，雖然哥哥只大她兩歲，卻比她成熟懂事，天天兄妹倆一起上下學，兄妹情深溢於言表。媽媽走後第三年，爸爸再婚，又生了弟弟，才念小四的阿芬要幫忙照顧小弟，卻得不到新媽媽的歡心。阿公阿嬤看了不忍心，只好把他們兄妹倆接去同住，祖孫相依為命。

哥哥為了節省阿公阿嬤的負擔，小學畢業後去當學徒、當油漆工。油漆工工作雖辛苦，但哥哥全心投入，讓阿芬無後顧之憂，一路念到大學畢業。

由於經常聽到阿芬說，他哥哥是如何地孝順長輩，又如何地疼她，讓我非常感動。有一回我和阿芬一起路過一家正在裝潢粉刷的店面時，忽然被一個一手拿刷子、一手提著小桶子的油漆工人叫住了。「妹仔！妳吃過了沒？」阿芬一聽連忙說：「阿兄！我吃過了。」並向我介紹：「伊是阮阿兄！」

聽到那是她口中敬愛的阿兄，我發現他是憨厚的老實人，從他對阿芬的關懷和疼惜中可知，他是個兄兼父職的好哥哥。從那次以後，我只要遇見他，我一定尊稱他一聲：阿兄！

幾年前他因年紀大，無法勝任要爬上爬下的油漆工作，只好在菜市場租了個菜攤賣些乾貨。由於擺攤只有半天工夫，其他時間可以照顧他中風的妻子。這些年雖然他生活較辛苦，但對阿芬的關心從未少過，逢年過節一定會說：「妹仔！母子都來阿兄這邊吃飯。」

他也體諒失婚後的阿芬要獨自扶養小孩不容易，總是想辦法幫助她。不僅三不五時送糧、送錢地接濟，每次來電總會說：「妹仔！有阿兄在，什麼事都不用擔心。」阿芬告訴我，那一句句的「有阿兄在」，是她生活的動力、精神的支柱。

她從不覺得父母都不在了很孤單，每次生活或工作遇到瓶頸，她只要想到自己還有個阿兄當後盾，她馬上抹去眼淚，重燃希望。

阿芬很慶幸，在人生的路上，一路走來都有阿兄的照顧。雖然他沒受過什麼教育，只是個收入微薄的工人，但在她心目中，他卻是個偉大、值得尊敬的兄長。

108.8.11《中華日報》

童言童語

A.找飯店要七、八個

三、四歲的孩子事事好奇，特別愛問東問西的，因為他們對很多事一知半解，所以只要逮到機會，一定會要問個沒完。

最近這陣子，三歲的小魚丸一天到晚問我：「為什麼找飯店要七、八個？」我實在聽不懂他的意思，反問他時他又說不清楚。那天在等公車時他又問了一次，正當我在傷腦筋時，站牌附近商家的電視牆，正在播Trivago網路訂飯店的廣告。起先我沒注意到，結果小魚丸看到了，連忙指著電視告訴我：「就是電視上那個叔叔說的，找飯店就要找七、八個呀！」這下我終於明白，他把英文名字直接譯成中文相似音了。

107.3.28《國語日報》

B.阿媽不乖被罰跪了

一群長青族的阿媽，在運動教室練習護膝動作，跪在軟墊上用膝蓋走路。三歲的小肉丸從教室門口看到了，很驚訝地說：「怎麼會有這麼多阿媽不乖呀！都被老師罰跪了！好可憐喔！」此話一出，那些婆婆媽媽們忍不住地笑出聲來。

108.2.23《國語日報》

7B-09

這裏是某醫學中心的附設醫院，七樓B棟的九號病房。它是雙人房，外子住的是靠走廊這邊，另一邊是靠窗。

剛住進來時，我發現靠窗的那位病友約五十出頭。長得壯壯的他露出被子外的部分，臉和四肢幾乎是暗褐色的、他的褲子不是一般男用的睡褲或休閒褲，只包了一個免洗大尿片。當時有位頭髮灰白、身子略胖、約八十多歲的老婦人，就坐在他床頭。她不斷地用國台語交叉地說：「你呀！就是鐵齒啦！一開始感冒就不去看醫生，什麼事都沒要沒緊的一直拖，才讓現在事情變得這麼大條。真的是很糟糕呀！從現在開始要好好聽話，配合醫生的療程，身體快點好起來，才可以趕快回家……」

當時他的床簾擋住了他的上半身，所以我沒有看到這位先生的表情。但是從老太太口中，我直覺他是在猛點頭，而且這位老婦人是他的母親。「兒子啊！你不要只點頭，要聽阿母的話。你看看你那個某，多麼辛苦啊！前陣子我住院，她每天來顧我，好不容易我出院了，現在又輪到你，我們兩個不把她累死才怪呢！她是個好媳婦，所以你要多保重，不能對不起她，有沒有聽到啊？」這位老婦語重心長地對著他說。

老媽媽或許剛復原，體力沒那麼好，所以把話說完，就拄著拐杖一跛一跛地離開了。下班時間來了位五十歲左右的女性，俏麗的短髮掩不住她的憔悴，掛著黑框眼鏡的臉又尖又小。很清瘦的她，進來時病人正在打鼾熟睡，所以她和我點頭打招呼後，就自我介紹。她表示，病人是她先生，住了十九天的加護病房，剛卸下葉克膜就轉來普通病房，現在病情是穩定了。她們一家很慶幸，在新年裏全家能團圓，感謝上天給了她這麼貴重的禮物。或許是先生能復原，讓她太激動了，所以說到後來就哽咽地說不出話來。我立刻上前給她一個大擁抱，祝福她。

先生醒來後，這位太太開始幫他餵食。病人每吃一口，她就說：「你真的很棒，你只要吃下一口，就能為你的身體增一份體力，所以你要努力，吃

得下就要吃。吃飽了不能一直躺著，要起來四處走走。」太太不停地說，他就不停地點頭。

吃一餐飯，太太把他當嬰兒般照顧。當先生吃完飯，她又陪著他沿著床邊練習走路。或許是先生覺得太太所做的，讓他覺得在別人面前很不好意思，所以忽然大聲地吼著：「妳念夠了沒？就沒見過這麼嘮叨的女人。」此時太太不僅沒有不高興，還低聲下氣地說盡好話，又哄又騙地就是希望先生不要生氣，免得傷了身體。

看到這位先生的媽媽，每天一大早就到病房，噓寒問暖外，還不斷地給兒子鼓勵和加油。又帶來一堆從不同廟裏求來的香袋，希望不同的菩薩都來保佑兒子，好讓寶貝兒子身體早日康復。而他的太太，也每天趁上班前、下班後來醫院照顧他，真的是太幸福了。

而這兩個女人，不管是身為媽媽的，還是身為太太的，都為了同一個男人的健康，無怨無悔地付出，把女性的溫柔賢淑發揮得淋漓盡致。這不僅讓我很感動，也讓我很汗顏，因為在照顧病人上，我真的沒有她們的耐心和溫柔。很慶幸能和她們同病房，讓我有機會從她們身上學到很多。另外我也從這對婆媳相處互動中，看到婆婆對媳婦的疼惜，以及媳婦對婆婆的孝順，相信這是病房中很難得的溫暖畫面。

108.4《警友雜誌》

第三輯

慈母心

甘苦人生

趁著黃昏天氣較涼爽時，到屋後公園走走，老遠就看到湯哥在巷口的大榕樹下忙碌。他表示那是前陣子被颱風吹斷的竹子，他把比較扎實的部分鋸下剖開，把邊邊角角刨平後再用粗的砂紙磨平，一根根堅固的拐杖就完成了，放在公園讓有需要的人用。

湯哥姓湯，在他的拜把兄弟中算是年長的，所以大家稱他一聲湯哥。鄰居們也跟著湯哥長湯哥短的。來自南部農村的他會一些竹藝，也懂得愛物惜物，所以把被吹倒的竹子加以利用。

小時候湯哥家家境不是很好，供不起他念書，小學畢業後就跟著父親種田，農忙時會打些零工。當兵時因兵變讓他深受打擊，退伍後為了離開傷心地，和鄰居的幾位兄弟們提著一卡皮箱，就一起到台北打天下。

他很認命，自知自己輸在起跑點上，要學歷、要用腦力的工作他做不來，倒是要出賣勞力的工作，他認為有足夠的本錢。父母給他一八〇的身高、七十五公斤重的健壯身體，兩隻胳臂又粗又壯，要挑要提都難不倒，加上從小培養的吃苦耐勞精神，這些都是他到工地求職的籌碼。

四十多年前台北正在積極建設，不管是道路的開發或大樓的興建，在機器尚未完全取代人工的年代，是非常需要勞力資源的。就這樣，他從第一條的木柵捷運到後來的信義線、國際世貿大樓、101等偉大建築，他都參與過。

他常說自己是地下工作人員，為了捷運每天在地底下工作，那種暗無天日的生活容易讓人沮喪，所以每天收工後回到地面重見天日時，他們一群人會找個攤子，聚在一起喝點小酒，為今天的平安完成工作而慶祝，也為補充明天的好體力乾一杯。

每次站在101前看到那高聳的大樓，他會靜靜地回味，在101工作那幾年的日子裏是有笑有淚的。從挖地基開始一路往上竄，每天忙碌地在上下穿梭，只有看到路上的車子越來越小時，才感覺自己在高處。那感覺是得意中

帶些恐懼，恐懼的是在這麼高的地方工作，多少有點風險；得意的是能參與台灣地標的工作，心中是有榮譽感的。畢竟不是每個人都有這個機會，尤其是當雲海飄過腳下時，那種騰雲駕霧的美妙感覺，是讓他終生難忘的。

這些年，台北的大工程都陸續完工，建商紛紛遷移到外縣市，年近七十的他正好趁這個機會退休。退休後的他經常在榕樹下，免費幫鄰居們修電扇、電鍋，偶爾和三五好友邊聊邊喝點小酒。

他的雙胞胎女兒很優秀，一個當律師，一個當法官，好友們常揶揄他歹竹出好筍，每一回他都靦腆地抓抓頭笑而不語。

他女兒要他少喝酒，並把三不條約（包括喝酒不開車、開車不喝酒、晚上八點過後不能在外面）貼在客廳，希望時時提醒他。對女兒的建議他唯命是從，老朋友問他，為什麼老婆說了一輩子他都沒在聽，女兒說兩句馬上見效，一點意見都沒有。

他的回答很妙：女兒是法官耶！要是自己哪天因酒駕上了社會版，電視新聞播出肇事者是一個女法官的爸爸，那女兒的臉要往哪邊擺？為了不讓女兒為難，他願意把幾十年來的小嗜好戒掉。他愛女心切的言行，讓我覺得果真女兒就是爸爸前輩子的情人。

如今的他，經常騎著他那輛三十多歲的野狼125四處兜風，看看四十多年前的台北和今天的台北有多大的不同。因為四十多年來，他參與了台北的改變和成長，他很開心自己曾經為這個首善之區付出過，如今成了台北人，也很懷念一路走來有甘有苦的日子。

107.6.12《人間福報》

這就是親情

婆婆結婚十二年公公就去世了，留下八個月大到十歲大的六個孩子，三個男的，三個女的，其中二姊和三姊是一對雙胞胎。

或許是一個寡婦要扶養六個嗷嗷待哺的孩子真的很不容易，所以管教上會比較嚴格，怕沒教好會落人口實，如有過錯會直接被批，那是沒爹管教的。也或許是沒爹的孩子從小對家的向心力較強，也比一般孩子早熟，因此培養出來的感情，會比一般人的更深更濃。

歲月匆匆，過去的小蘿蔔頭，如今個個垂垂老矣，最小的都八十一了，老大也九十了。由於年紀都大了，身體狀況也因老化出現不同的問題。有的坐輪椅，有的拿拐杖，也有坐電動車的。雖然大家的身體基本上還算好，沒什麼大礙，但二哥和二姊、三姊都開始出現失智的現象了。

兩個姊姊愛騎腳踏車，常趁家人沒注意時，偷偷地把車子騎出去，偶爾會忘了回家的路，讓家人著急四處尋找。三姊還會把廚具藏在衣櫥裏，讓媳婦要下廚時找不到鍋瓢。二哥見了人不會打招呼，晚輩向他問安，他兩眼直視沒感覺，忘了對方是誰。

雖然他們各有狀況，也不住在一起，但他們的子女會經常安排他們相聚，用中型巴士載著他們到户外郊遊，陪著他們一起玩、一起用餐，就是希望他們在有生之年多相聚、多互動，享受親情的溫暖。

由於他們對新的事物已經沒什麼概念，看過就忘、說過就記不得，所以每次兄弟姊妹聚在一起，就像一群老小孩，無拘無束快樂地聊著他們的共同記憶，好久好久以前的童年往事。誰貪玩常挨棍子，或誰工作勤快常幫婆婆的忙，每件事都歷歷如新、揮之不去，每件事說完又重複說，一個早上說上幾十遍，那是很正常。當然有的時候各說各的，身邊的人也聽不懂他們在說什麼，但這不影響他們的歡樂氣氛，只覺得他們聊得很盡興、很開心。

儘管有的兄姊已失憶，想不起很多事，但對手足過去的大小事，可是如數家珍，說起來絕不跳針。彼此互動起來更是親密，而且默契十足。可以走

路的會幫坐輪椅的推輪椅；開電動輪椅的會想載拿拐杖的；用餐時也會相互挾菜，然後大家開心地聊著、吃著。

每一次看他們熱絡地互動，我都很感動，因為在那種自然的互動中，有著無形的濃濃親情在牽引。想想看，他們都這麼老了，難得他們的子女有這份孝心，讓他們可以經常見面，感覺真的很窩心。

台灣已進入高齡社會，因老人增多帶來的問題也多。有些家庭因人手不足，會請移工協助，幫忙照顧老人；有的家庭因經濟的考量，由子女或親人自己照顧；也有直接交給安養機構來負責打理的。不過由於家家的方式不一樣，要像我家哥哥姊姊一樣，兄弟姊妹經常能在一起互動的不多。

我常覺得親情是一種無形的牽絆，彼此間就有相互協助的本能。小時候哥哥牽著弟弟，姊姊照顧著妹妹，年紀大了，雖然已經失去了記憶，不認識別人，但當自己的兄弟姊妹聚在一起時，他們又可以很親近地互動，這就是無法剪斷的親情吧！

107.7《警友之聲》

好吃的米粉上桌了！

去年父親節那天，家裏來了五個三十年未見過面的南部親戚。因為好久不見，大家相談甚歡，聊著聊著不一會兒功夫，就到了用餐時間。

為了方便省事，我希望帶他們到樓下餐廳用餐，結果他們不願意。他們認為在家用餐，比在餐廳自在，大家可盡情地閒聊，要吃多久都無所謂，不會影響別人。他們要我把家裏現成的菜煮出來就好了，大家難得見面好開心，喝水都覺得甜過蜜哪！

我恭敬不如從命，很快地簡單的幾道菜就上桌了。大家邊吃邊聊，我忽然想到今天是父親節，不知為什麼，眼前忽然閃過父親的影子，一時之間眼眶潤濕。

為了不在客人面前失禮，我躲進廚房，卻看到架子上有一包米粉。看到

米粉讓我想起父親的炒米粉。於是我想讓有父親味道的米粉重現，既可分享親戚，又可懷念父親。

有了這個想法，我抹去眼淚，先把米粉用開水燙一下，再把它剪成小段，這樣挾起來很方便。另外，我又到陽台割了一把韭菜，洗淨切成段後，和前一天用剩的綠豆芽，一起汆燙撈起備用。

接著把紅蔥頭洗淨切碎，用小火慢慢爆香。在爆香的過程中，把粉色的櫻花蝦準備好，也把芹菜切成小粒狀。

當紅蔥頭的香氣四溢時把它盛起，再利用鍋子裏的殘油，把櫻花蝦爆香，順便撒些胡椒粉後盛起。這時就把米粉下鍋，滴下幾滴醬油，讓米粉的顏色，變成淡淡的醬油色。

把米粉翻炒數下，當顏色均勻後，把它盛起放入大盤中。再把事先爆好的香蔥、蝦米以及韭菜、豆芽鋪在上面，最後撒上綠色的芹菜珠。這樣一盤色香味俱全、QQQ的炒米粉就完成了。

當我端上桌，客人很驚訝，直說好久沒吃到這麼道地的客家炒米粉了。

他們問我怎麼還記得這個最原始的味道。於是我說出幾十年來深藏內心的故事。

小時候因我們家孩子多，父母又無固定收入，養家不易，一年中能夠吃到魚肉的機會，就只有三節拜拜的時候。拜拜的三牲禮，一般是雞、豬肉和魚。因為傳統風俗裏，牲禮中一定要有雞或鴨以及豬肉，至於魚是可以用替代品的。

父母為了節省開支，就以米粉代替魚，畢竟魚和米粉的價差很大。就這樣，每次拜拜過後，家裏就有米粉。

而父親每隔一段時間，就會炒米粉給我們吃。或許我是老大又是女孩，早晚要學會洗手作羹湯。因此從我六、七歲開始，父親要炒米粉時，都會教我怎麼挑芹菜葉、怎麼去掉韭菜的頭尾，以及如何清洗紅蔥頭等等事前的準備工作。

雖然當時我的個兒只比大灶高一點點，但是父親還是耐心地把每一道手續講給我聽。

他說：「米粉本身是好食物，只要配料對味，就會很好吃。」例如：它需要用溫火爆香紅蔥頭，才能引出它的香氣；配菜一定要用韭菜和綠豆芽，再加上芹菜珠和少許胡椒粉就夠了。

就這樣，父親每次炒米粉，我都在廚房幫忙，除了挑菜洗菜外，還要蹲在灶口添柴火，有好多次眉毛都被燒掉，臉也被燻黑了，惹得大家哈哈大笑。但每一次只要父親炒好米粉後喊一聲：好吃的米粉上桌了！我們都會開心地圍桌，享受豐盛滿足的米粉餐。

儘管炒米粉是個粗食，但對我們一家來說，卻是最難得、最美味的美食。很慶幸能在父親節，把父親教我的炒米粉複製一下，讓親友分享，感覺特別有意義。

107.8《警友雜誌》

我們一家都是書蟲

最近這陣子，我的幾位朋友都在裝潢新家，每個人都希望自己家是最富麗堂皇的。聽過他們比較後，我才發現原來我的家和他們的很不一樣，既不豪華也不時尚，只有幾面牆的書。

我雖然生長在鄉下，但我有個愛閱讀的父親。他經常利用下田後，把三、四歲的我抱到大腿上，念童話故事給我聽，像黃香暖被來孝順父母、龜兔賽跑、孔融讓梨等等。

當我大一些時，他開始教我認字、寫字，然後省吃儉用地省一點錢，幫我買一些課外讀物。他不僅為我買書，還常陪著我讀書，只希望我能養成愛閱讀的習慣。他覺得閱讀可以讓人的心靜下來，也可透過閱讀增廣見聞。

或許是從小就在父親的引領下，享受到閱讀的樂趣，所以無形中養成了閱讀的習慣。當了媽媽之後，我也用同樣的方式帶領孩子走入閱讀，從床前故事到繪本。一開始，先讓他們看圖、看文，然後練習把看到的說出來，不

一定說得對，但可利用這個方式訓練孩子們的口條，以及臨場的反應。等年級較高時，我讓他們寫讀後感，把讀過的文章經過消化後，寫出自己的感想。我覺得透過閱讀，可以學會構思的能力，這對作文有很大的幫助。

就這樣，從孩子認字以後，我一直都在陪讀。有時各看各的，有時我們同讀一本，然後親子互動，大家一起討論。時間一久，每個孩子在不知不覺中就成了愛書人，把閱讀當休閒。只要有新書出版，不管是國內的或是翻譯的，他們都不會錯過。

雖然現在電子書方便，但我家的人還是喜歡紙本書，我們都有同樣的感覺，紙本書是有溫度的，可以經常翻閱，可溫故而知新，電子書少了這樣的感覺。由於全家都是愛書人，所以家裏有很多藏書，我們把書當寶貝，不斷地從中挖寶。

在別人眼裏，我的家很不一樣，沒有值錢的家當，只有滿滿的書香，而書香卻讓我們深感富裕和滿足。

107.8.29《人間福報》

母女相聚時

有人說：「有媽的孩子是最幸福的。」這當然是真的唷！

媽媽九十六歲了，耳聰目明、健步如飛的她，生性樂觀開朗，一直都住在南部鄉下，除了在前庭後院蒔花種草，得空時喜歡閱讀書報，遇上不認識的字就寫下來，再請教後生晚輩。

我每個月會從台北返鄉去看她。母女相聚時，我除了陪她四處散步，也會把台北帶回去的各種小點心讓她品嚐。由於鄉下地方要買東西不容易，而且能買到的種類有限，不像台北各種美食應有盡有，不管現代的或傳統口味的，都容易買到。

每次回家一打開包包，我就喊著：「媽咪唷！快來嚐嚐我帶什麼回來？」每一回她都說：「唉唷！一條路那麼遠，不用麻煩帶東西回來啦！」

「您是我媽媽哪！再遠再重，要換幾趟車，我都要帶回來，讓您吃吃看。」

我邊笑著回答，邊把點心準備好。

看著媽媽吃著某名店的「大福」，邊讚美它軟Q，我覺得自己好幸福，能讓媽媽開心。那天回家前，我特地煮了一些帶殼的花生。會帶它，是因為它需要剝殼，我可以趁此試試她的指力。我問她：「剝得開嗎？」結果她用日語回我：「沒問題。」

看著她邊吃邊說：「歐意系（日語的好吃）！」有天然的甜度，口感又好時，我高興得眼眶潤濕，想想自己何其有幸，還有可愛健康的老媽，能陪她聊天散步、品嚐美食，這是多幸福的事。

107.8.5《自由時報》，本文入選「最幸福時刻」徵文

那年中秋月未圓

一年一度的中秋節在傳統習俗裏，它算是重要的大節日，所以很被重視。過去在農業時代，中秋節必定全家要團圓，大家一起吃月餅、柚子和一些應景的食品，共同歡度美好佳節，這樣才算完美，才算真正過節。

那年中秋，因父親急病剛過世，一家人正在悲痛中，還來不及面對失親，中秋節就悄悄地來了。那天晚上用餐時，看到父親原本的座位空著，他每餐用的那副碗筷也靜靜地躺在那兒，全家人在睹物思父之下，誰都沒有心情享受美食，大家都沉默不語，一點過節的快樂氣氛都沒有。

當晚因父親的不在，整個餐廳靜得讓我害怕，也讓我第一次感到原來父親在我們家中是一個巨人。如今巨人離席了，全家人除了不捨，就剩下無盡的思念。就在那一刻，我忽然懷念起父親在世時，每年中秋節家裏歡樂的情景。

小時候家裏孩子多，一家八口只靠兩分的薄田，來打發衣、食、住、行，是有相當難度的，日子總是艱辛難熬。那時候家無隔日糧是常態，尤其是天災頻繁的季節，那情形更為嚴重。孩子生病或繳學費時，更要靠借貸才能度過。

那時候家中雖然食指浩繁，但每到了中秋佳節，父母一定想會盡辦法，在餐桌上加點菜、準備些小點心，好讓我們這些小蘿蔔頭能過個開心富足的好節日。畢竟苦了大人無妨，至於孩子就得讓他們開心過節。

就這樣，每年中秋節的晚上，父親會買來一塊碗口般大小的月餅，然後母親就把它切成六小塊，讓我們每個人都能分到一小片的月餅，父母都沒分到。每次我們拿到月餅，都小心翼翼地把它放在手心上，左瞧瞧右看看，就是捨不得一口把它吃了。因為我們知道月餅只要滑下喉嚨，就要等到明年才有機會再吃了。所以我們都先忍著不吃，只是猛吞口水，要一直到晚餐要結束時，才慢慢地享受這難得的月餅。

晚餐後，住三合院的我們就把桌椅搬到祠堂前的大曬穀場上。大家或坐或臥，悠閒地聊天，邊欣賞星星邊看月亮。媽媽也會準備自家種的文旦柚、池塘裏摘下的煮熟的菱角，以及煮一些玉米來當點心，讓大家隨時享用。由於曬穀場寬闊，天上的月亮又大又圓又皎潔，加上秋意甚濃的習習涼風，讓大家舒適開懷。孩子們可以忘我地盡情追逐嬉戲，大人們可以輕鬆自在地哼哼唱唱，讓全家大小共同度過一個快樂、溫馨又難忘的中秋節。

當我們漸漸長大，家中的經濟慢慢轉好時，父親把家中用了半世紀、少了半條腿的桌子，讓它功成身退，然後買了一個十人座的新圓桌，讓每天一家人可以圍坐在一起用餐，享受天倫之樂。

家中少了經濟壓力後，生活品質也陸續地改善，此時每年中秋節，父親會租輛中型巴士，載著一家人到不同的風景區去遊玩，讓全家的互動從屋裏走出户外。這樣不僅增加彼此的情感，也會因此增加許多的見聞。就因為這樣，所以我們每年都很期待中秋佳節的到來。

沒想到父親一走，原本熱鬧歡樂的中秋節都變了調，這讓我心疼又不捨。在此除了感謝父親，在我們年少時用心良苦地準備吃的、準備玩的，讓

我們不因家境不好，而影響過節的氣氛，相反地，我們的中秋節比鄰居朋友的更精采、更有趣。這也讓我更懷念有父親在的日子，是多麼溫馨和快樂，如今一切都成了過去，為此我終於可以體會每逢佳節倍思親的涵義了。

107.10《警友之聲》

阿爸的腳踏車

那天騎機車經過信義路大安森林公園附近，我看到騎在我前面的是一輛後面有大貨架、把手前掛著鐵籃子的舊型腳踏車。

看著戴著斗笠、身穿棉質汗衫、穿著黑色短褲、光著腳丫、身材不高肩膀卻寬厚的阿伯，慢慢地踩著踏板的背影，我愣了一下，那不是我阿爸嗎？怎麼會出現在這兒？他明明好幾年前就走了，但是他的穿著、體態和踩踏板的動作就跟我阿爸一樣啊！

滿心想確認的我，驅車騎到前方約五公尺處，把車停在路邊，凝神細看。那位阿伯慢慢地往前騎，由遠而近地經過我身邊，我發現他圓圓的臉上掛著黑框眼鏡，這一點就和我阿爸不一樣了，我阿爸在鄉下種田是沒戴眼鏡的。

看著那既熟悉又陌生的漸行漸遠的背影，我的視線一再地模糊。眼前忽

然出現五零年代時，家裏的一些情景。那年頭農村生活拮据，住在偏鄉，因交通不便，謀生更困難。即使如此，阿爸還是想盡辦法，希望多掙點錢，讓一家能溫飽。

家裏只有兩分薄田，農忙的日子有限。家裏的農事忙完，阿爸就四處打零工，把養豬、種菜的事交給阿母。他向世伯借了三百元，買了一輛嶄新的腳踏車，希望藉著腳踏車的協助，來提高工作效率而多些收入。

它是二十八號車型，黑色的，車身高，後輪上面有堅固的後架，方便載重的農產品。前輪的上方掛著籃子，可放些雜物。連接龍頭和坐墊的橫槓是雙支的，這樣可承受更多的載重量。這樣的腳踏車在當時的農村很受用，農人稱它為武車，因為比起沒後架、橫槓而只有單支的淑女車，威武霸氣多了。

香蕉出產期，阿爸戴著斗笠，光著腳騎著腳踏車替蕉農載香蕉，因速度比走路挑的快，所以收入會多些。家裏孩子多，種的田又少，常常家無隔日糧，此時阿爸常以工資換米回家，讓我們可以偶爾吃到油亮亮的純白米飯。

香蕉產期結束後，阿爸會騎著腳踏車，到離家十多公里遠的荖濃溪，撿拾因豪雨沖下來的漂流木。漂流木有粗有細、有長有短，他每次出門都會在籃子內放上鋸子和鐮刀，以及綁柴的麻繩。

就這樣，阿爸靠著這輛腳踏車，天天透早出門，把漂流木載回家。雖然一輛腳踏車所載有限，但日積月累，禾埕的一角就堆著小山般的漂流木。在沒有瓦斯的年代，很多人會找阿爸買漂流木當柴火，所以漂流木的收入貼補了家用。

有好些年，那輛腳踏車就默默地幫著阿爸把家撐起來。日子雖苦，它都稱職地幫阿爸完成每天的工作。阿爸也把它當寶貝般疼惜，每天工作再累，也要把「轉得」灰頭土臉的它打理乾淨。用紗布沾上油，從把手到腳架都擦乾淨。所以這輛車即使年紀不輕，卻閃亮如新，尤其是前後輪子的內框，是擦到滴塵不染。

過去阿爸常告訴我，這輛車和他情同手足，在他生活最艱苦的時候，給了他信心和力量，讓他能多接些工作，把孩子扶養長大。當生活改善後，蕉

農們有自用車，瓦斯也代替了柴火，阿爸的腳踏車也就功成身退了。

老年後的阿爸，得空時還是會幫它洗洗擦擦，即使病重常進出醫院，他還是擔心它沒人照顧。為了不讓他牽掛那輛腳踏車而影響病情，家人趁他住院時，把它轉送給世伯的兒子。

或許對阿爸有無限的思念，明知他已離開，但每次在路上，只要看到和他體型相似又騎著武車的阿伯，我都會停下腳步，只希望阿爸的丰采，能再一次重現。

108.1.6《聯合報》，本文被編入翰林出版社「國中橘子國文複習講義」

又是菱角飄香的季節

每年入秋之後，就是菱角的盛產期。每次看到市場門口張媽媽的攤子，大竹篩上擺著蒸熟的菱角，我就會想起以前老家田尾的一個大池塘。它約二十多坪，因地屬低窪，加上有好幾處會冒泉水，父親認為很適合養魚。

於是他把它開發成魚塘。先把周圍的雜草樹枝清理乾淨後，再把四周填高，並種上幾棵楊柳，接著放入十對的吳郭魚以及五對的大頭鰱當魚種，再放入幾串菱角藤浮在水面，既可幫魚兒遮陽，又有菱角可食用。每天放學過後，我必須到田裏幫母親除草，腳蹲累了就到池塘邊走走，看魚兒優游。

由於泉水清澈見底，我會看到吳郭魚媽媽游著游著嘴巴一張開，就會吐出數十隻小魚。小魚離開魚媽媽的嘴後，就成群結隊地四處覓食。每隔一段時間，父親會帶著我和兩個弟弟在池畔釣魚。他常說：「釣魚可磨練一個人

的耐性。」

每次去釣魚，他把我們姊弟三人的釣竿鈎上蚯蚓後，就回田裏工作了。為了讓父親放心，我們都耐著性子坐在池畔的楊柳樹底下，守著釣竿看著浮標，等著魚兒上鈎。每一回只要有釣到三、五條，夠全家加菜後就收竿了。父親認為魚在池塘會長大，下回再釣魚兒會更肥。

當秋天來臨菱角成熟時，父親會用大竹子鋸斷後，綁成四尺寬六尺長的竹排當「船」讓我們坐。竹排上放著臉盆，父親打著赤膊、穿著短褲，在腰深的池塘裏推著竹排慢慢地繞，我們就像坐在船上，伸手把竹排邊的菱角採好放入臉盆中。

弟弟們很皮，有時採著採著就打起水戰來，讓坐在身邊的我躲都躲不掉，衣服都濕了。對愛玩水的孩子來說，採菱角是多麼有趣的遊戲，可以開心地坐「船」玩水，晚上還可以在三合院的禾埕上吃著母親煮好的菱角。

每次菱角煮好了，父親會讓我去把堂兄妹都找來，大家一起來分享吃菱角的趣味。父親為了讓我們這些孩子們，能在微風送爽的夜裏品嚐秋菱的美味，他都選擇有月亮的夜晚吃菱角。

因為他要利用那段時光，講些忠孝節義的故事給我們聽。他覺得孩子們放輕鬆的時候記憶力特別好，是非分明最清楚。他希望我們能從他的故事中，學到如何孝順父母，做個懂事的孩子。

他除了講故事給我們聽，也會要已經上學的我們，背背課文或九九乘法。他認為把書念好是學生的本分，在「萬般皆下品，唯有讀書高」的貧窮鄉下，讀書是唯一可以翻身的機會。我們一大堆堂兄弟姊妹，就經常在月光下吃菱角、聽故事、背背書，過著無數個熱鬧有趣的夜晚。

當我們慢慢長大，陸續地進入初中後，因功課緊又要準備下一個聯考，所以很少參與禾埕上的聚會。沒幾年小池塘也因為土地重劃，變成了道路，從此家裏不再種菱角。

雖然家裏沒有種菱角了，我們也外出工作了，但每當菱角成熟時，看到街頭巷尾賣菱角的攤子，我就會想起童年時許多和菱角相關的故事。是父親的用心以竹排當船，讓我們體會坐船的樂趣；是他利用秋月高掛的夜晚，讓

我們全家族的小朋友歡聚在一起，享受親情的滋潤；讓我們的童年留下許多難以忘懷的美好記憶。

如今，菱角依舊飄香，父親卻已離我遠去，但更多的思念總會因菱角的飄香，變得更深更濃。

107.10.22《人間福報》

慈母心

那天回到娘家美濃，已是黃昏時刻，在屋裏沒瞧見媽媽，我走出三合院，往院外的田埂走去。遠遠地我看見媽媽正用右手掌蓋在眉毛下，擋住刺眼的夕陽，瞄著牧草園。

我走上前問她要找什麼，她說：「我來看看妳大弟弟有沒有來割牧草，我幫他帶來點心。」說完，她把左手上的小菠蘿麵包給我看。這時我才知道，原來她是要來幫大弟送點心的。

九十六歲的媽媽住在老家三合院裏，大弟住在另一個村子，他在老家附近有種一塊牧草園，每隔三、五天，就會回來割牧草餵水鹿。孝順的他只要有回來，一定先到家裏看看媽媽，再去園裏工作。

媽媽因為年紀大了，有些事一下子就忘了，即使大弟早上已經回來過了，她也會覺得好久沒看到他了。除了在屋裏對著窗外，引頸企盼望兒歸之

外，她會走到牧草園去，順便帶個小點心。有時一天去好幾回，沒看到大弟就很失望。

那天我說：「他今天沒來，我們回家吧！」她看看手上的麵包，邊走邊回頭，失望之情溢於言表。

其實，大弟早就當阿公了，但在媽媽眼裏，他還是小孩，所以得空就幫他送個小點心，那怕只是一個小麵包或兩顆荔枝，她也要去送，就怕他餓著了。每次看到媽媽愛子心切的動作，我就會想起大陸的一句順口溜，那就是：「養兒一百歲，長憂九十九。」

從媽媽身上，我印證了這句話的真義，也體會出母愛是如此的無所不在，也是如此的偉大。

108.4.26《人間福報》

歲月靜好

因欣賞張愛玲的文采，所以知道她結婚時，她的另一半胡蘭成先生對她許下「歲月靜好、現世安穩」的諾言時，我替她高興，也特別感動。想想人的一生，真能平安度過多好。

所以喜歡「歲月靜好」，是知道它看似平凡，卻很難擁有，所以珍貴。因看到身邊很多親友，成家之後沒有把家經營好，讓家人感受不到家的溫暖。所以我很清楚，一個家從兩個人開始生活後，因生長環境不同，會有很多摩擦，想要克服很不容易，因此能在寧靜的家度過人生的歲月是幸福的。

或許是我嚮往過恬靜平淡的日子，所以當我決定要走入婚姻時，就告訴自己往後不管遇到什麼挫折，絕對不能退縮，一定要把家建立好。

婚前，天真的我認為一個家只要兩人相愛就夠了，而且必定幸福美滿。沒想到當我們兩個在同一屋簷下朝夕相處時，卻是問題重重。經細想才發

現，我們沒有準備好就結婚了。另外是我們年少無知，彼此都各持己見，少了同理心，才會有摩擦。

每次遇到不愉快，我會很沮喪。心想曾經相愛的人，抱著共同的夢想高興地成家，為什麼只為點小事就無法容忍？這樣的結果不是我要的，我要的是兩個不忘初心的人，能共體時艱、相互寬容，有問題就該彼此溝通才對，而不是生悶氣。

為了要讓家裏氣氛融洽，我試著先改變自己，凡事先放下成見，以同理心傾聽對方的聲音。經過深思後，再提出論斷，利用這方式來緩和彼此的怒氣。

就這樣，我們不斷地調整自己的心態和抑制衝動，終於慢慢地有了共識，也體會出一個巴掌拍不響的道理。我提醒自己在應對進退間，要把分寸拿捏好，讓對方感覺他是被尊重、被需要的。有了這樣的領悟後，我發覺我們的距離拉近了，對家的向心力更堅固了。

有了孩子後，為了孩子的教養，我們取得共識，他扮白臉，我是黑臉，彼此盡心盡力，讓親子關係更好。

隨著孩子慢慢地成長，我們互動的關係更加密切，摩擦也在不知不覺中減少了。當孩子們長大成人後，一個個另築新巢，去過他們新的生活時，家裏又恢復了剛成家時的兩個人。此時的我們已從年少走到兩鬢飛霜，不僅體力大不如前，個性也被生活的歷練磨得溫和圓潤，還學會寬容和體諒。

時光飛逝，成家已五十多年了，五十多年來為了能擁有平靜的生活，家裏只要出現狀況，不管是經濟或是人際，我們都努力地學習改善，只希望日子過得順遂。我們一直相信只有上不了的天，沒有過不了的關。多年來我們就靠這個信念，化解生活難題，讓家慢慢成長和茁壯。

每當靜下心來，我會環顧家裏四周，雖非豪宅也無萬貫家財，但這是我們兩個從無到有，胼手胝足，努力打拼換來的。家裏的一磚一瓦、一草一木，都有我們的汗水和歡笑。記得以前租在違建時，是逢雨必淹，雖然日子過得辛苦，但我們從不絕望，因為我們相信只要夫妻一條心，共同努力，一定會有自己的家。如今我們的家不僅可以遮風避雨，還充滿溫馨。

回首來時路，從成家後一路走來雖挫折不斷，但我們始終不放棄，因為我們有足夠的信心。兩顆心緊緊相繫，始終堅持我們需要的是樸實無華、寧靜平淡的生活。

家，就在我們放下私心、相互包容的默默經營下，成了安定的窩，帶給家人平安的生活。在這兒不僅孕育了子女，也讓兩老的晚年可以安心無慮。想想，這輩子靠著堅強的毅力和吃苦的耐心，一步一腳印地邊問邊學，總算開花結果。慶幸之餘還要感謝曾經幫過我們的親友。

107.12《警友雜誌》

今天不回家

當了半世紀家庭主婦的我，從孩子出生到成家，我從未想過有哪一天，我可以心無牽掛、開心放鬆地去做一天完整的自己，好好地享受屬於自己的獨處時光，而可以不回家。

那天兒子告訴我，月底他要到北京出差兩星期；到了晚上，外子又告訴我，月底他要到高雄參加兩天的同學會。一時之間聽到家裏的兩個男人，因工作、因聚會月底都不會在家，我心裏忽然覺得怎麼這麼巧，會有這樣的千載難逢的好機會，讓我可以不需下廚房，也不用操心任何事，可以輕鬆自在地做自己。

由於這個機會來之不易，為了不錯過，我想一定要好好地珍惜善用它，否則會很對不起自己。於是我記下了一直想去卻一直沒去的地方，以及如何利用不同的交通工具做連結，才能發揮事半功倍的效果。

有了初步的構思後，我發覺我選擇的地方大部分是室外的，徒步的機會很多，於是我想到該添一雙輕盈好走的布鞋，以及兩套不同顏色的休閒服，和一個遮陽帽和太陽眼鏡。行頭準備好後，我發覺頭髮有點長，把它修短些會更俐落舒適。

當一切準備就緒後，我像一個小學童，興奮地期待那天的到來。那天早上我先到住家附近的華納影城看了一場電影，那是一部文藝愛情片。男女主角因戰爭、因工作、因空難多次生死分離，最後破鏡重圓。

中午吃了日式料理後，我前往士林官邸賞花。在滿滿的紅花綠葉中，我感受到大自然的美妙，它總是在不同的季節，讓不同的花兒綻放，美化了大地，也美化市井小民的心靈。

帶著滿心的芬芳，我上了久違的陽明山，住進飯店後，我先泡了個溫泉。微溫輕滑的泉水讓肌膚粉嫩粉嫩的，那似有若無的氤氳，讓繁雜的諸多俗事，一陣陣地飄遠，感覺整個身心一塵不染、快樂無比。

或許是心靈整個放鬆了，換得了一夜的好眠。清晨時我在晨光乍現的朦朧中，被鳥語蟲鳴和竹子被風吹的咿呀聲喚醒。趁著沁涼的早晨，我沿著飯店旁的小道四處走走，滴著露珠的山茶和一些山櫻，在晨風中搖曳著，陽光灑在露珠上，反射著層層光芒，身歷其境會覺得自然的美景，是如此的渾然天成、讓人驚喜，那空氣更是清新得難以形容。

走過山間小路，向山裏的菜農們買些都市裏難得一見的山野菜，好分享鄰居朋友們。

用過午餐、泡完溫泉後，我整裝踏上回家的路。道不完的喜悅溢滿心田，那份感覺好幸福。心想，原來幾十年來煮婦生涯是如此的沉重，能放一天假，是可以換來這麼多無法言喻的快樂。

現在的我終於可以體會這句「人間若無閒事掛心頭，便是人間好時節」的真義了。親愛的朋友，天天為家人忙碌之餘，是否為自己放天假，那了無牽掛的好心情，將會帶給你無限的樂趣和能量的，試一下吧！

107.12.11《人間福報》

因拒絕而改變

家裏的另一半年近八十，照說經歷了人生數十寒暑，生活歷練豐富，許多事也會因年長而豁達明理，但他的許多習慣，卻沒有因歲數的增加而改變，反而更倚老賣老、自以為是，讓家人很難接受。

例如，他一直都很愛買東西，而且一次買很多，不管吃的、用的都一樣。以前家裏人多，多買就多吃，也就算了。現在子女都住外面，家裏只有兩老，吃不了那麼多，他同樣買的高麗菜就像臉盆這麼大，香蕉是又大串又大條的，每一回都因吃太久而壞了。

一開始我都耐心苦勸，吃多少買多少，吃完了就換別的，這樣天天吃不一樣多好，而且不會浪費食物。儘管我用心良苦，他卻覺得他是一家之主，過的橋又比我走的路多，他就是要買，看我要怎麼辦。

面對這樣的老番顛，我只好拒吃，高麗菜爛了很臭，我就端到他身邊，讓他感受那味道。香蕉變黑、變爛了，就堆在他床頭，讓他有趕不完的小飛蠅。或許是要處理這些爛東西很麻煩，他終於不買了。

其實一個人能活到老是很難得的，應該是德高望重，因此要知道放下，並把以前在生活上、待人處事中學到的寶貴經驗，傳授給晚輩，讓他們學習才對，不能因個性的關係，就固執己見、為所欲為，讓家人困擾。

所以我認為既然上了年記，就要學會傳承，把機會交給年輕人，讓家和諧圓滿。

103.4.29《自由時報》，本文入選「如何改善固執的另一半」徵文

珍惜擁有

記得好些年前，去聽一場演講，老師表示，她每次在路上，看到有人和媽媽手牽手，她就會感動得流下眼淚。因為她兩歲時生母病逝，四歲時父親再婚，在她還來不及記住新媽媽的長相，六歲時爸爸又離婚了。從此媽媽這個名字，就在她生命中消失，所以她的一生，對媽媽沒什麼印象，感覺一直沒有媽媽，因此只要看到有媽媽牽的孩子，她會覺得那是天大的幸福，特別羨慕。畢竟這樣的畫面，自己不曾擁有過。

老師在說的過程中，不只一次提醒大家，要珍惜擁有。父母健在時，要好好地孝順父母，因為那是很難得的福報。不要等到沒有父母時，才來後悔或遺憾，那時已無法彌補了。

老師的話讓我很感動，從那以後，我盡量抽時間陪父母，聽聽他們說話，陪他們散散步，煮些他們喜歡吃的東西。就是盡量做到讓他們不孤獨，很開心地過日子。

幾年前父親過世後，剩下母親一個人守著老家。為了讓老母親快樂，子孫們輪流陪伴，大家非常有默契，圍繞在她身邊，陪她聊天，聽聽她説説很古老的故事。

如今母親九十四歲了，耳聰目明、健步如飛，她很高興子女們孝順，讓她無憂無慮安享晚年。而我們當子女的，也感覺非常幸福，家裏能有這麼一位老寶貝，所以特別珍惜和她相處的好時光。

105.10.30《繽紛連結》

這就是媽媽

每年溫馨的五月還沒到，傳播媒體就開始打廣告，希望天下為人子女的，能在母親節送份禮物給媽媽，聊表孝心。

廣告的禮品真是多到不勝枚舉。最常見的是保健食品、化妝保養品、珠寶、旅遊券、美食、甚至健康檢查……反正你想得到的，或想不到的，只要和媽媽沾得上邊的，商家都會替你想到，就是要你掏荷包。

相信很多人都曾被廣告上既溫馨又感人的廣告詞感動。心想，反正是母親節，就買份禮物送媽媽，也算盡一份孝心。

就這樣，很多媽媽的桌子上，擺滿了健康食品或化妝品。至於媽媽們有沒有照著子女的吩咐，認真吃健康食品，或用心地保養皮膚，那就很難說了。我就常聽身邊的長輩說：「那些東西這麼貴，捨不得吃。那些名牌包也很貴，捨不得用。」

每次聽到這些媽媽把子女的孝心束之高閣時，我有欲哭無淚的心疼。因為媽媽們勤儉持家慣了，一時之間要她們接受高價位的東西真的很難。於是她們把東西「暫時」放著，直到食品過期或腐壞。

這樣的故事屢見不鮮，當子女抱怨時，媽媽們也覺得自己很無辜，因為在她們潛意識裏，那股捨不得的心態無法揮去。

記得好些年前，鳳梨釋迦剛上市，我覺得它又香又甜又大顆，就買了一顆給媽媽。當我從台北把這顆當時南部鄉下還沒出現的鳳梨釋迦交給媽媽時，她很驚訝。

她覺得這個水果又大又香，一定很貴的。當時我沒有多想，直接說：「不貴！只花一百七十元，難得吃一次，無所謂啦！」媽媽一聽花了一百七十元，只買一顆釋迦，太貴了。我知道這些錢，媽媽在鄉下，可買五顆蛋、一條魚、一塊豆腐，外加兩種不同的青菜。

媽媽把釋迦放冰箱後，沒再說什麼。雖然隔天我要回台北時，一再叮嚀她，釋迦熟了要記得吃喔！但一個月過後，我又回娘家時，那顆釋迦還在冰

箱，只是它變黑了。

從那次以後，我買東西給媽媽，從未說過真實的價錢，來個善意的謊言。結果每一回，她吃著我買的東西，都開心地表示：真是好吃又便宜耶！吃的如此，穿著也然。每次當她穿上我買的衣服，她說「質料好！價錢公道」時，我都會告訴她：「這是朋友賣的，算我很便宜。」因便宜，所以她穿得很開心。

其實，天下的媽媽都大同小異，生活中總是有很多捨不得。我常想，與其改變她們的觀念，不如當子女的來改。換個方式，撒個小謊，讓大家皆大歡喜，製造了雙贏，多好。

106.5.8《人間福報》

懷念父親的豬頭肉

每次回家鄉美濃，在等客運車時，就會聞到站牌邊麵攤飄來的屬於豬頭肉的香氣。那香氣除了肉的甜味之外，還有醬油膏、大蒜和醋及薑絲混合的味道。

每次聞到這既熟悉又陌生的香味，我會很自然地把頭轉向麵攤，看著正在享用的客人，臉上洋溢的滿足和喜悅，也懷念起過去一家大小在餐桌上，歡喜地吃著豬頭肉的開心畫面。

記得小時候，家裏經濟環境差，一年難得吃上幾次肉品，只有在大節日裏才有機會品嚐。每次過端午或過年的前兩天，父親會向肉攤買一副豬頭骨。因豬頭骨便宜，除了可熬湯、煮稀飯之外，骨頭的不同部位上，都還留著一些未剔除的肉。煮熟後可剝下一大盤不油不膩的肉，等於買一副豬頭骨，不僅有肉配飯，還有湯可喝。

這種一骨雙吃的好處，對家境不好的家庭，真的是很好的選擇。畢竟貴的買不起，買便宜的也不錯，只要能先顧飽一家大小的肚子，比什麼都重要。父親買回豬頭骨之後，把它清洗乾淨，再用清水慢慢地煮。當骨上的肉熟透之後，把骨頭撈起放入大盤子中，等它涼了就可以把肉剝下來。

因難得有油葷，父親會把豬頭肉分成好幾份，這樣就可吃好幾餐，變成天天都有肉吃的美好日子。父親通常在第一餐會把小肉片平擺在盤子上，淋上加了蒜末和白醋的醬油膏和一些薑絲來提味。每餐每人都可分到幾片，加上自家種的蔬菜，就讓餐桌變得很豐盛。讓我們這些小蘿蔔頭吃得肚子鼓鼓的。那份知足和歡欣，一直是童年裏最甜美的記憶。

豬頭肉除了淋醬油膏加薑絲的吃法，父親也會用蒜苗一起炒，讓我們帶便當。也會用鹽巴把它醃成鹹肉，這在沒有冰箱的年代，是唯一可以久放保存、不容易腐壞的方法。當稻米歉收，家無隔日糧，需要以地瓜飯帶便當時，父親會把珍藏的鹹肉燙熟，讓我們帶便當，因地瓜飯甜度高，配上鹹肉真是好吃。

有豬頭肉帶便當的機會雖然不多，而且每次能帶的量也很有限，但我們姊弟都會因為當天的便當比平時多了兩片肉，而感到眉開眼笑。那種在萬物缺乏的年代，便當裏有肉也是會讓同學投以羨慕的眼光。當時天真的我們，多麼希望天天有肉吃。

父親為了節省開支，又為了幫我們補充營養，除了想盡辦法，把豬頭肉做不同的料理，來滿足我們這些正在成長的孩子，還會把骨頭湯加上蘿蔔或酸菜，做成不同口味的濃湯，變成另一道美食。

在我小時候，父親也經常用煮豬頭骨的湯熬稀飯給我吃，他認為骨頭湯有鈣質，小朋友吃了，對骨骼成長很有幫助。我很喜歡坐在門檻上，讓端著稀飯的父親餵我吃稀飯。

他會用小湯匙，在碗的最上層輕輕地刮然後吹涼，再放在我嘴裏。父親會邊餵我邊告訴我，稀飯很燙，要慢慢地刮慢慢吹，一切急不得。由上而下一層層地刮，這樣吃起來就不燙了。

由於父親一直是這樣餵我，教我吃稀飯的方法，所以從我五、六歲開始有了弟弟妹妹之後，也用父親的方法，餵稀飯給他們吃，直到他們都長大。

其實，豬頭肉是平民食物，一般環境好的人家是不吃的。但我的父親卻能在貧困中發揮智慧，很用心地把很平常的食物，做成各種不同的料理。用這些粗食來養大子女，讓我們的童年因豬頭肉多了很多歡樂。

每次在等車時，聞到豬頭肉的香氣，我就會想起用心良苦的父親，煮豬頭肉、剝豬頭肉的專注神情，及餵我們吃稀飯時慈祥的模樣。雖然如今他已經不在了，但那溫馨的情景、濃郁的父愛、全家共餐的歡樂，依然在我心深處，留下無法磨滅的記憶。非常感謝父親，為了我們這群子女，無怨無悔所做的一切。

108.8《警友雜誌》

綴著紅色小碎花的短衫

天氣漸漸轉涼了，那天趁著剛好有個假，趕緊把櫃子裏那塊白底綴著小紅花的棉布拿出來裁剪，好幫媽媽做兩件短衫。

媽媽住南部鄉下，天氣熱又要下田工作，所以她一直都穿棉質的黑色長褲，搭配花色的短衫。夏天穿短袖的，冬天就穿長袖的。

由於她的上衣一定要棉質的，既可吸汗又可保暖，還要在前方左右兩邊的腰上貼上口袋，方便她帶上面紙或鑰匙。或許是穿這種款式衣服的人不多，廠商覺得無利可圖，所以市面上很難買到這樣的衣服。

為了讓媽媽穿得舒適、方便，我二十歲時特別去學洋裁。心想只要我學會了，媽媽穿的衣服就有著落了。就這樣，我花了兩個月的時間把洋裁學會後，幾十年來媽媽都穿我做的衣服。

那天回娘家，就把做好的短衫交給她，順便問她要不要試穿一下。

九十七歲的她把衣服拿在手上，臉上洋溢著開心的笑容，然後像個小女孩一樣，邊撫摸著新衣服，邊說：「真是漂亮！白底小紅花看起來很亮、很好看。」我告訴她：老人家穿亮一點，看起來有朝氣，比較精神，而且臉色會很紅潤，感覺比較年輕。她聽了猛點頭表示認同，並不停地向我道謝。其實，做她的衣服很簡單，幾十年來身材沒變，我都用同張紙型打版。只是隨著年齡的增加，最近幾年我把身寬部分加了一公分，袖腕部分也放寬些，另外前後的腰褶抓淺一點。畢竟，年紀大了抬手穿衣難免較遲緩，寬一些穿起來更順暢。

每次去布行時，我都會選幾塊布料買回來放著，有空的時候信手拈來就做兩件，有回娘家時就帶去送給她。她皮膚不算白，所以我都選白底小紅花、小紫花之類。因為這些花清爽又亮眼，很適合老人家穿。慶幸的是她從不挑剔，一直以來不管我做什麼花色，她都很喜歡、很愛穿。每次看她穿得很滿足的樣子，我覺得可以幫媽媽做新衣，是身為女兒的我最高興的。

108.3.6《聯合報》

三合院裏的聖誕夜

去年的聖誕節，我們劉家祠堂前，舉辦了來台三百年，在美濃落地生根後的首次聖誕夜。在還沒舉辦時，我滿心的期待，不知那會是如何的盛況空前。

因聖誕節那天，正好是九一高齡叔公的生日，子孫們為了要讓他開心，特別要為他舉辦一次很不一樣的生日，也讓劉家人可以藉此歡聚一堂。

年輕一代很用心地設計，該用什麼方式來迎接這個日子，並把消息傳給已嫁出的女兒和在外工作的劉家人，希望能集思廣益並分工合作，讓大家高興之餘還會留下難忘的記憶。

我提早在聖誕節前回美濃，此時叔公的兒媳婦和客居在外、已退休的女兒都帶著孫子回來了。我們開始打掃祠堂前的禾埕，它像一個籃球場大，農業時代是曬農產品的，也是族裏喜慶宴會時辦桌的好所在，夜裏更是孩子們

穿梭嬉戲賞月的好地方。如今農業機械化之後，它變成了停車場。

禾埕清洗之後，我們把女兒牆邊的各種盆景分別擺在不同角落，然後去果園裏摘柳丁、火龍果、香蕉、橘子、木瓜、小黃瓜，準備做布丁或蛋糕以及壽司。所以會準備這些並採用自助式的餐點，一方面是把自家的產品充分利用，讓離鄉的遊子可以品嚐家鄉味，另一方面是希望這次的餐點，不再是客家傳統的重口味食物，而是自做的精緻清淡的小點心，這樣更符合現代人的健康需求。

就這樣，女的在廚房準備各式各樣的美食，男的在三合院裏搭棚子、擺聖誕樹、擺桌椅、裝設投影機，大家很開心地各司其職，要為叔公盡分心。

聖誕節那天午後，劉家子孫陸續地來到祠堂，聚在三合院裏。當華燈初上時，聖誕樹上的霓虹燈開始閃爍，生日快樂歌和聖誕歌穿插飄揚，讓全場洋溢著歡欣，投影機裏開始出現叔公近百年來的各種生活照。有學生時代的光頭照，有就業時穿工作服的，有婚後當爸爸、當阿公到現在當阿祖的紀錄。當他出生四個月的裸照出現時，現場的人不管老幼都哈哈大笑，幾個年長保守的叔婆和長輩們，卻很靦腆地低下頭，這樣的表情讓年輕一代忍不住地笑翻了。

當大家邊吃邊聊時，裝扮成聖誕老公公、滿臉笑意的叔公出現了，此時百餘人異口同聲地大喊：生日快樂！生日快樂！叔公揮手感謝大家，並開始從他的紅襪裏，掏出禮物分送大家。

小朋友拿到包裝精美的巧克力，樂得跑來跑去。大人們品嚐著由自家產品做的水果布丁、蛋糕和壽司，無不驚訝和感動，因為它蘊藏著我們劉家對土地的熱愛，以及對農作的堅持。三百年來即使農耕困難重重，但我們不忘祖宗來美濃落地生根時的初心。許多子弟還是願意留在家鄉，默默地耕種，克服萬難，研發最適合種植的農作，而闖出自己的一片天。

當叔公開心地發完禮物，大家要他親一下坐在輪椅上的叔婆。他猶豫了好一會兒，看看叔婆又看看大家，最後紅著臉蹲下身子，輕輕地在叔婆臉上親了一下。這或許是他們這輩子，第一次在子孫面前做的最親密的動作，不僅兩個人含羞帶怯，還流下眼淚，在旁的我們也個個喜極而泣。

一場充滿溫馨和浪漫的生日聖誕夜，在三合院裏環繞，隔壁村子裏的人知道了，也攜家帶眷地趕來祝賀，讓三合院好像又回到傳統大家庭時的熱鬧盛況。

這場別出心裁的聖誕夜，在許多人的祝福聲中落幕。它不僅為劉家子孫帶來驚喜，也是叔公叔婆老倆口結婚七十年來，最別開生面、最美好難忘的生日饗宴。

107.12《警友雜誌》

媽媽，加油！

前陣子每天陰雨綿綿又濕又冷，那天帶著疲憊不堪的身子從醫院回家，剛脫下雨衣，拿下安全帽，猛一抬頭，忽然看到大門上貼的紙條：「媽媽！辛苦您了！要加油，電鍋裏有吃的，要趁熱吃……」

看到女兒留的字條，讓多日來因外子住院，每天醫院和家裏兩頭跑，忙得心力交瘁、欲哭無淚的我，忽然淚崩無力地攤著。想想，外子突然住院，要檢查這個，要檢查那個，每種檢查都要時間安排，都要慢慢地等。有的檢查可以吃東西，有的又必須早早禁食，不僅病人辛苦，連照顧的人都身心俱疲。

女兒看到也不年輕的我，每天在醫院進出，經常會幫我一些忙。她知道兄姊在外地工作，一時之間無法分身，於是全力支援。每天下班後，快速地帶些吃的、用的到醫院。先換我回家洗個澡，並把外子換下的髒衣服帶回家

清洗，待我回來後，她再到我家把家務打理好後，再返回需要一小時車程的婆家。

雖然她工作忙碌，天天來回奔波費時耗體力，她從無怨言。每次看到嬌小的她，拎著大包小包的，我的心總是萬分的不捨。想想這段日子，幸好有她幫忙，讓我喘口氣。

每當在醫院裏，看到外子因不同的檢查，被折騰得痛苦無助的神情，疲累想放棄的我，只要心中閃過女兒的那句：「媽媽！加油！」我又會信心滿滿地再次振作，鼓勵外子也鼓勵自己。

如今，陰霾的日子總算過去了，當春暖花開的季節來臨，外子終於康復出院了。感謝這段日子，有醫護人員的用心照顧，也要感謝女兒的貼心和鼓勵，讓我少了很多負擔，更要感謝親家母與女婿的寬容，讓女兒無後顧之憂地協助她的母親和父親。

107.4.18《聯合報》